河出文庫

5分後に大号泣のラスト

エブリスタ 編

河出書房新社

5分後に大号泣のラスト

contents

デザイン　坂野公一（welle design）

もしも最愛のあなたとの
約束を守ったとしたら

深瀬はる

昔は朝が弱くて、ぎりぎりまで布団から出られなかった。そのことで妻にはよく叱《しか》られたものだ。曰《いわ》く、自分が朝ご飯を作っている時にのんきに寝ていられると腹が立つらしい。

昨日の冷凍ご飯を電子レンジに放り込み、味噌汁と出汁巻きを作る。卵二個に水大さじ一、ミリン大さじ二分の一、白だし大さじ二分の一。卵焼き器は熱しすぎないように。妻と付き合い始めてすぐの頃に教わったそのままのレシピでもう四十年以上になる。得意料理を聞かれた時は出汁巻きと答えるようにしていた。妻のレシピがおいしくないはずがない。

ご飯、味噌汁、出汁巻き、そして納豆を冷蔵庫から出して食卓に並べた。妻はネバネバ系やドロドロ系全般が苦手なのだが、なぜか納豆だけはいける。

寝室に向かう。妻はまだ布団で寝息を立てていた。いつの間にか昔と立場が逆になったのだが、全く腹は立たない。むしろいつまでもこうして朝ご飯を作ってあげたいと思う。

「夏帆《かほ》」

妻の肩を叩いた。妻は顔をしかめて寝返りを打った。

「夏帆」

もう一度その名を呼ぶ。

「ご飯できたよ。冷めちゃうよ。ルイボスティーあったかいほうがいい？　氷入れる？」

あと何度、こうして妻を起こすことができるだろう。

あと何度、「特別な今日」を迎えることができるだろう。

そう。今日は特別な日なのだ。だって、夏帆にプロポーズするのだから。

「あったかいほうがいいです」

夏帆は寝ぼけ眼《まなこ》で答えた。

「ところで、あなたどちら様ですか？」

＊

夏帆と初めて知り合ったのは大学の研究室主催のテニス大会だった。当時おれは社会人一年目で、夏帆は大学三年生。

本当にただ一目惚れだった。

「ねぇ」

白昼のテニスコート。試合を見ている夏帆の横顔に声をかけた。夏帆が、私？という感じに少し首をかしげながら振り向いて黒い艶やかな長髪がふわりと揺れたのを今でも覚えている。

「結婚しよ？」

おれたち二人の近くにたまたま人がいなくなった一瞬をついての、渾身のプロポーズだった。

なに言ってんだこいつ、とでも言わんばかりに夏帆の眉間に深いしわが寄ったのもよく覚えている。

「お断りします」

こうして出会った初日、プロポーズして一秒でおれは振られたのだった。

二百回くらいプロポーズしてはズタズタに斬り刻まれた末に、ようやく付き合うようになった。

夏帆は料理が得意だった。

スキレットで焼いたハンバーグは肉汁が溢れた。スキレットは手入れが大事らしく、おれは皿洗い担当だったがスキレットは必ず夏帆が洗っていた。

「皿洗い上手になりましたね」

二人で流しに立っている時に夏帆が言った。

「ちゃんと周り拭《ふ》くようになったし」

洗い物をした後に流しの周りが濡れたのをほったらかしていてこっぴどく叱られたことがあったので、それ以来気をつけるようにしていた。

「下僕《げぼく》検定三級をあげます」

以降、おれの下僕検定は着々と昇級していくことになる。作るか洗うか。仕事の分担は必ずだ。夏帆が動いている時にテレビの前でグータラすることはなくなった。教育の賜物《たまもの》。

夏帆が焼く紅茶のシフォンケーキは絶品だった。ふわふわしっとりの口どけ。メレンゲ作りと隠し味の愛情が重要らしい。米粉でシフォンケーキを焼いた時もあった。米粉だともっちりに仕上がり、違う食感が楽しめたが、やはり普通のシフォンケーキのほうが好きだった。夏帆がケーキ作りに使ったあとの器具はもちろんおれが洗う。洗い方が悪いと怒られながら。

バレンタインにはガトーショコラを、誕生日にはイチゴのショートケーキを作ってくれた。意外にもデコレーションは苦手だったらしく、スポンジケーキを覆《おお》う生クリームはデコボコしていた。修業しますと言って、実際にクッキングスクールに入会したのはさすがだ。

『学生のうちに入会すると半額なんですよ。じゃじゃーん』

ＬＩＮＥで送ってきた画像は、そのクッキングスクールで作ったらしい焼き菓子だった。

『すごっ……』

『なんというお菓子でしょーか？』

『あのーほら、洋菓子の詰め合わせとかによく入ってるやつだよな』

『1フランフラン、2フロランタン、3ランタン、4タンタン、どーれだ？』

『ふらんふらん』

『フランフランは雑貨屋さん』

『たんたん』

『タンタンはうちの実家で靴下を意味する赤ちゃん言葉。あ、二回間違えたので食べられません』

『食べるもん』

『間違えたのに。代わりに靴下あげます』

『齋藤《さいとう》家ではリモコンのことなんていうでしょーか？』

『准一《じゅんいち》』

『なんでｗｗｗ』

『リモコン係、的な。リモコンまで手を伸ばすの面倒だから齋藤さんにやらせる』

『下僕かよ』

手巻き寿司パーティーもよくやった。刺し身を買って、他にも納豆、ツナ缶、卵焼き、キュウリにアボカドをテーブルに並べ、好きなものを巻いていくスタイルだ。夏帆は綺麗な円錐《えんすい》型に巻いていた。おれが巻くと具がはみ出まくった。

夏帆は蒸し器を持っていたので、小籠包も手作りした。夏帆が皮と具を作ってくれて二人で包む。小籠包の皮は思ったよりもよく伸びて、お店のようなひだができた。蒸しあがるとスープがたっぷりで、はふはふ言いながら食べた。

おれは普段、夏帆に指示されながら小鉢用に少し作るくらいだったが、たまにはメインも担当した。瓦《かわら》そばは夏帆の出身地から遥か遠く、おれの故郷の郷土料理で、さすがに瓦はないのでフライパンで作る。焦げ目がつくくらいに炒めた茶そばの上に、甘辛く焼いた牛肉、錦糸卵《きんしたまご》、刻みネギ、海苔を盛り付け、最後だけ手抜きしてポッカレモンを振りかける。

「今日はおれが作ったから夏帆が洗い物だよね？」

「片付けまでが料理ですよ」

下僕検定が一級から五段に上がった。

夏帆が卒業するのを待ってから、おれたちは結婚した。

プロポーズの言葉はもちろん、

「結婚しよ?」

「えー、どうしよっかな。画数増えるもんなー」

確かに斉藤から齋藤はだいぶ違う。

「遠距離ですし」

夏帆は化粧品メーカーの研究員として働くことが決まっていた。おれの職場からは新幹線に乗る距離の県だった。夏帆は前からずっと、結婚するからには一緒に住みたいと言っていた。

「まあいいや。これ以上待たせると齋藤さんハゲそうだし。下の中の顔が下の下になる前に特別サービスで結婚してあげます。大事にしてくださいね」

結婚式に来てくれた夏帆の友人たちを見て、いかに夏帆が周囲の人々から愛されているのかを実感した。

「書道部の母」の異名を持ち、夏帆が全幅の信頼を置いているという森本君は、若草色の着物の上品な装いだった。書道部の後輩で夏帆の彼女という設定の祥子《しょうこ》さんが受け取る寸前だったブーケを、森本君はその背丈を活かして掠《かす》め取り、「私だって幸せになるの！」と、少し低い声で高らかに宣言していた。

もう一人の夏帆の彼女・桃香《ももか》さんは「夏帆さんが男に取られたー！」とわんわん泣く真似をして夏帆に抱きついていた。夏帆は「結婚してても私はももちゃんを愛してるからね」と背中をぽんぽんしてあげていた。

「准一さん、夏帆をよろしくね。好き嫌い多くて頑固なところあるけど、素敵な女性だから」

森本君が挨拶に来てくれた。

「夏帆さんを泣かせたらぶっ飛ばしますからね」

と、祥子さん。

「はー、なんでこんなポンコツと結婚することにしたんだろ。背は低いし下の中だし将来ハゲるし」

夏帆は大げさに演技がかったやれやれ口調で言った。

「夏帆さんこう言ってますけど、ちゃんと准一さんのこと好きですからね」

桃香さんのフォローが身にしみる。

「好きじゃないもん。仕方なくだもん」

夏帆は頰《ほお》を膨《ふく》らませ、周りはみんな笑顔になった。


女の子だったらおれが、男の子だったら夏帆が名前を決める約束だった。妊娠六ヶ月の頃、九分九厘女の子だということが判明しておれは頭を悩ませることになる。一発で読めて、漢字変換にも苦労しない名前というのが最低条件だった。

「私に似るといいですね。准一さんに似たらかわいそう」

「女の子は親父に似るって言うぞ。おれに似て目が大きくて凜とした美少女になるに違いない」

「馬鹿なこと言う前に鏡見てください。あと早く名前考えて。まだ時間あるとか思ってたら生まれちゃいますよ」

夏帆はだいぶ目立つようになったお腹を撫でた。

「そうそう。考えたんだけど、夏帆から一字取って夏希《なつき》なんてどうかな。夏のように明るい未来に向けて希望あふれる人生を送れるように」

「夏帆ちゃんのようにかわいくなるように、を忘れてるのは惜しいですけど准一さんにしてはちゃんと考えてるみたいですね。でもこの子、冬生まれですからね。そういうとこポンコツなんだから」

結局は夏帆が名前を決めた。長女・菜月《なつき》。読みはおれの案を採用してくれた。それから三年後に生まれた長男・賢一《けんいち》。准一から一字取ってくれたのかと思いきや、「私のように一番賢くありますように」とのことだった。

夏帆は隔週の週末、公民館の一室を借りて書道教室を開いていた。儲けはほとんどないに等しい。趣味の延長のようなものだった。

毎回着物を着て出かける。どうやって着付けるのか見てみたかったのだが、夏帆は着付け中に必ずおれを部屋から追い出した。学生時代に先生に付いて習っていたらしく、襟《えり》や丈、おはしょり、帯がきちっとしているなという印象があった。和装に無知でなにが正解かわからないので、あくまで印象だ。

夏帆は菜月にも着物や浴衣《ゆかた》の着方を教えていた。菜月が高校生になった時、友達と浴衣を着て夏祭りに行くと言い出した。娘を迎えにきた同級生の浴衣が襟も丈も不格好で作り帯をプスッと刺しているだけだった一方、完璧に着付けた菜月。帯の折り返しがこだわりらしい。夏帆は浴衣の色に合った髪飾りを見繕《みつくろ》っていた。

「ねーちゃん、彼氏できたんじゃね？　ダブルデートとか？」

おれとマリオカートで熱戦を繰り広げている賢一が茶化すように言った。

「嘘、菜月彼氏いんの⁉」

「いや知らんけど。でもやけに化粧気合入ってんじゃん？　ねーちゃん結構モテてるらしいよ」

手元が狂って、おれが操るヨッシーは海に一直線。賢一のルイージが悠々と抜き去っていった。

＊

——それから幾年月。

夏帆は定年を迎えても変わらず書道教室を続けていた。公民館を借りるのはやめて自宅の一室を使っている。午後三時を過ぎた頃から、近所の小学生が書道道具を手に集まってきてにわかに騒がしくなる。おれは書道に関しては全く使い物にならないので、子どもたちに飴をあげる係に徹していた。

ある日。

いつも通り夏帆が着物を着ていた時のこと。

夏帆がおれを呼んだ。

「准一さん」

「なに?」

相変わらず部屋から追い出されているので、扉越しに答えた。

「ちょっと来て?」

躊躇した。以前、着付けているところをどうしても見たくて部屋に乗り込んだことがある。夏帆は肌襦袢《はだじゅばん》姿で、それはもうめちゃくちゃ怒られた。

恐る恐る扉を開ける。

夏帆は鏡の前で着物を羽織り、帯を手に立ちすくんでいた。

「准一さん、あのね。着付け、わかんなくなっちゃいました」

夏帆は今にも泣きそうな顔で、下唇を嚙《か》みしめていた。

その時は、ひとまずインターネットで着物の着付けを検索して夏帆に見せた。すると夏帆は「あっそっか」と何事もなかったかのようにするすると着物を纏《まと》う。

「ど忘れですかね。情けないです。ごめんね」

「いやいや、おれたちも歳《とし》だなぁ。まだ心はハタチなのに」

「それはヤバイです。もう少し歳相応の心になってください」

そして二人で大笑いした。なかったことにするかのように。

だが、いくら笑っても、鏡の前で呆然と立ちつくす夏帆の姿が脳裏にこびりついて離れなかった。


異変はこれだけでは終わらなかった。夏帆がシフォンケーキ作りに失敗した。失敗だけならまだいい。今までだって必ずしも毎回が絶品ケーキだったわけではない。問題は、失敗したことに気づいていなかったことだ。全く膨らんでおらず、黒く焦げている。それを「久々の創作活動です。お茶淹《い》れるから一緒に食べましょ？　ダージリン、アッサム、アダージオ、ピーチメルバ、玉ねぎの皮茶ありますけどどれがいい？」とニコニコ顔で持ってきた。

一瞬言葉が出なかった。

「……えと……あーそうだなぁ！　ダージリンにしよっかな！　おれが淹れるから座ってな。あとシフォンケーキ切るから貸して？」

「お茶っ葉、下の棚に入ってます」

急いでケーキの載った皿を受け取り台所に向かう。自分が何を作ってしまったのか夏帆に気づかせるわけにはいかなかった。着付けができなかった時の夏帆の絶望的な表情。あの表情だけはもう見たくない。

ケトルに水を入れて沸《わ》かす。

ティーポットにダージリンの茶葉を適当に入れた。

「くっ……」

入れながら、ティーポットの脇にポタポタと雫《しずく》が落ちた。

いかん。おれが泣いてどうする。顔を上げて、バシャバシャと顔を洗う。目を腫《は》らしては戻れない。

そして、ためらいなくシフォンケーキにかぶりついた。

トレイにティーポットとカップ二つだけを載せて部屋に戻る。

「お待たせ致しましたマダム」

仰々《ぎようぎよう》しくお辞儀をし、カップにダージリンを注いだ。

「どう？　淹れ過ぎとかない？」

「ううん。おいしいですよ。ありがとうございます」

午後のティータイム。穏やかなひと時だった。

夏帆は結局、テーブルにシフォンケーキが戻らなかったことについては全く触れてこなかった。


数日後、おれは娘夫婦の家を訪ねた。菜月に着付けを教わるためだ。「夏帆が手を怪我したから着付けを手伝わないといけない」ということにした。突然上手《うま》くなって夏帆を驚かせたいから、おれがここに来たことは言うなと念を押す。

菜月を練習台に何度も繰り返した。それっぽくはできるようになった。

「別にお父さんが完璧にできなくても、細かいとこはお母さん自分でやるだろうし。これくらいできれば合格じゃない？」

とのことだ。

またある日、おれは夏帆を料理教室に誘った。

「どういう風の吹き回しですか。雨が降るのであんまり珍しいこと言わないでください」

「定年になって暇でさ。なにかやりたいと思って。どうせなら一緒に習わない？」

「そうですね。私もレパートリー増やしたいと思ってたので、行ってみましょうか。それにあなた、私より絶対長生きするって宣言してましたもんね。ちゃんとしたの作れないと私がいなくなった後、困りますからね」


こうしておれはどうにか着付けと料理ができるようになった。

もしも夏帆が着物の着方を忘れてしまっても、おれが着せてやれる。着物姿の夏帆の笑顔が頭に浮かんだ。

もしも夏帆が料理を作れなくなってしまっても、おれが食べさせてやれる。おいしい、と嬉しそうに食べる夏帆を想像する。

それだけじゃない。

夏帆ができなくなったことは全部おれが代わりにやればいい。

夏帆が忘れてしまったことはおれが覚えておく。

夏帆がどこかに行ってしまわないように、昔のように追いかけて手を繫《つな》ごう。

夏帆が子どもたちのことをわからなくなってしまっても、菜月や賢一にとっては美人で料理上手で時に厳しく時にユーモア全開な最高の母親であり続けるだろう。

そして。

もしも夏帆がおれを忘れてしまっても。

おれが夏帆を愛し続けるから大丈夫だ。

＊

「准一さん、病院連れてってください」

夏帆が言った。

ついに来たかと思った。

「この本、四冊目でした。私おかしいみたいです」

夏帆は料理本を三冊テーブルに並べ、鞄から今日買ってきたばかりの本を取り出す。計四冊、全て同じ本だった。

進行を抑える薬を処方してもらった。

根本的な治療法は未だにない。そんなことは医者から説明されるまでもなく、おれも夏帆もわかっていた。伊達《だて》に医療系学部を出てはいない。

「こんなことになっちゃってすみません。てか今までも色々やらかしてたんじゃないですか？　私が気づいてなかっただけで」

夏帆が布団の中で言った。

「いや？　夏帆はちゃんと夏帆だった」

開けてくれた布団の左側に潜り込む。付き合い始めの頃から、おれたちは一緒の布団で寝ていた。

夏帆がおれの右腕に触れた。

「……ごめんなさい」

夏帆が謝ることじゃない。

「今まで当たり前にできてたことが段々できなくなると思います。迷惑もかけると思います。どっかにふらっと行っちゃうかもしれません」

徐々に嗚咽《おえつ》混じりになっていく。

そんなこと、とっくに全部考えた。

「それでも、准一さんは私を……」

「愛してるに決まってるだろ」

「だって!!!」

夏帆はおれの右腕を摑んで叫んだ。

「私はあなたのことを忘れちゃう！　あなたと一緒にいた時間を忘れちゃう!!　あなたに愛されてたことを忘れちゃう!!!」

「それでもおれが夏帆を愛してる！」

「私が忘れたくないの！　怖いの！　私が私じゃなくなってしまうのが怖い。あなたのことを好きになって、あなたに愛されてるなぁって実感して、あなたを忘れたくないって叫んでる私は、今ここにいる私は！　どこに行くの⁉」

「夏帆はどこにも行かない！　夏帆は夏帆だ。おれもどこにも行かない。約束しただろ！」

約束したんだ。

遥か昔。夏帆がまだ学生だった時代——。

＊

「おれ、絶対夏帆より長生きするから」

「いきなりなによ。私に早死にしろと？」

「あなたのこれからの人生全て、おれはちゃんと追いかけ続けるから。夏帆を一人で遺していなくなったりしない。寂しい思いをさせたりしない」

おれの生きている限りでは意味がない。夏帆が生きている限り、おれは夏帆のそばで愛し続けてみせよう。

「でも、女性のほうが男性より寿命長いし、そもそも齋藤さんのほうが年上だし」

「それでもおれは夏帆より長生きする。死にそうになったら気合で何とかする」

「私がおばあちゃんになって、ボケて齋藤さんのこと忘れちゃったら？　誰この変な虫、ってなったら?」

「そしたら――」

*

「ルイボスティー、私大好きなんです」

リクエスト通りあったかいルイボスティー。

「出汁巻きもおいしいですね。料理お上手なんですね。羨ましい」

ルイボスティー、昔あなたがよく淹れてくれてたんだよ。出汁巻きはあなたが教えてくれたんだよ。そう言いたかった。あなたは料理上手でおれを下僕にして楽しく台所に立っていたんだよ。そう言いたい。でも、もしそれを伝えると今の夏帆は困惑してしまうだろう。

「ねぇ」

テレビを眺めている夏帆の横顔に声をかけた。夏帆が、私? という感じに少し首をかしげながら振り向いて、白髪《しらが》混じりの、しかし艶やかな長髪がふわりと揺れた。

『私がおばあちゃんになって、ボケて齋藤さんのこと忘れちゃったら？』

約束したんだ。

特別な日。今日もあなたにプロポーズする。

夏帆がおれのことを忘れてしまっても、おれが毎日一目惚れする。夏帆にまたおれのことを好きになってもらうよう、おれは生涯夏帆を愛する。

「結婚しよ？」

始まった時と同じように、おれたちは毎日やり直す。違うのはただ一つ、抱きしめながらのプロポーズ。これくらいはどうか許して欲しい。

「お断りします」

始まった時と同じように、夏帆は毎日答える。違うのはただ一つ、無意識なのかかすかな記憶なのか、夏帆がおれの背中に腕を回してくれることだった。

この愛が消えてしまう前に

東里胡

明け方まで降り続いた雪はいつの間にか止《や》み。

玄関の引き戸を頼りに寄りかかっていた雪の層は、開けた瞬間に内側へと雪崩《なだ》れ込んできた。

「雪かきしていこうか？」

困った顔をした彼に苦笑いをし頭を振る。

「時間ないでしょ？」

それはそうだけど、と頷いて足元に広がる雪のまだ汚れていない真っ白な部分を片手で掬《すく》いギュッと握り、

「じゃあ、行くね」

私の手の平にいびつな形の小さな小さな雪玉を載せた。

ひざ丈のマリンブーツと同じぐらい積もった雪。

駅へと続く道に降り積もった深雪を踏み固めるように、一歩一歩ゆっくりと遠ざかっていく。

「転ばないでね、除雪車に気を付けて！」

一瞬足を止めて口元だけを隠したマフラー姿で、頷き振り返る彼の目は出逢った日のように優しく微笑んでいた。

いつもと同じ光景に「またね」と言いかけて止め、遠くなっていく背中を見送る。

一つ一つ想い出を落としていくような足跡、一瞬舞い上がったホワイトアウトに目を閉じて、次に目を開くとその背中はもう消えていた。

手の平に載った雪玉の冷たさよりも心が冷たくなって、

「寒いな」

独《ひと》り言《ご》ちたら涙が零《こぼ》れた。

――――二年前　冬

「ひまわりホーム本社営業部より参りました高杉諒《たかすぎりょう》と申します！　大変遅くなり申

し訳ございませんでした」

北国の小さな事務所に十三時に到着予定の客人が、ようやく辿《たど》り着いたのは十五時半過ぎのこと。

頭に雪を積もらせながら、深い深いお辞儀と共に震える指先から名刺を受け取った。

「ご連絡は頂いておりましたし、新幹線が止まってしまったんじゃどうしようもないですよ。それよりもここまでの道のり大変だったでしょう？」

大雪の影響により途中で新幹線が止まってしまい五時間も足止めをくらっていたようだ。

駅からここまでの道路は本日未《いま》だ除雪車が通らずにいて、歩道だって雪をかき分けなきゃ歩けない。

そんな中歩いてきた彼に、バスタオルを手渡してストーブの前にパイプ椅子を置いた。

「こちらにどうぞ。少し温まって下さい、今日は挨拶だけでしょう？」

可哀そうに。前の営業さんに北国での服装を何も習って来なかったのだろうか。

薄いコートとマフラーのみ、足元の革靴は濡れそぼり、靴下なんかもうグッショリだろう。

手袋すらしてない指先は真っ赤になりずっと揉み手をしていて、せっかくの温かいコーヒーも持ち上げられないでいる。

「ちょっと待ってて下さいね」

一度奥に引っ込み、うちの社で作っている軍足とメンズの雪用マリンブーツを出してくる。

足のサイズはLくらいかな？

「靴下も靴も乾かさないと！　これに履《は》き替えて下さい、サイズが合わなかったら他にもありますし」

「え？」

「サンプルですから差し上げます。ご遠慮なく」

「あ、あの、良ければ買わせて下さい、お願いします」

「だったら御社《おんしゃ》で扱っているうちの商品をたくさん仕入れて下さいませんか？　その方が我が社は潤《うるお》いますから」

ちゃっかりとした私のセールストークに眉尻《まゆじり》を下げ困った顔で微笑み、震える指先で必死に靴下を脱いでいる。

「乾かしましょう」

手を伸ばすと必死に首を横に振って後ろ手に濡れた靴下を隠してしまう。

それを無理やりにもぎ取ると、恥ずかしそうに真っ赤になって。

「捨てます、もう捨てますんで」

「明日また来られますよね？　東京に戻る前に。だったら洗濯しておきます。革靴は今晩ここで預かりますね、明日には乾くと思います」

「何から何まで本当にすみません」

「いいんですよ、雪国生まれじゃないとどんな対策して来たらいいかわかりませんよね」

聞けば東京生まれ東京育ち、ウィンタースポーツも数回しか経験のない彼は新幹線から降り立った瞬間に銀色世界に圧倒され立ちすくんだという。

川端康成の『雪国』の書き出し、あんな気持ちでした、と。

「あながち間違いじゃないです、『雪国』はここいら辺りがモデルなんです」

雪深い越後《えちご》、日本酒と温泉と『雪国』が自慢の私が生まれ育った町。

「お泊りは駅前ですか？　後でお送りしますので、それまで温まってて下さいね。あと一時間したら私も上がりますし」

「え⁉　いえ、そこまでして頂かなくても」

「帰る途中です、だってまた三十分かけて歩くんですよ？　しんどいでしょう？　車で送っていきます」

ここに辿り着いた時のしんどさを思い出したのか、「すみません、お世話になります」と素直に頭を下げる。

「あ、そういえば社長は」

温まりようやく血の巡りが良くなって今更それに気づいた模様。

「ごめんなさい、十五時からどうしても外せない寄合がありましてそちらに出向いてしまったんです。なので今日のところは父に代わって私が対応するように、と」

「え⁉　あ！　渡辺《わたなべ》社長のご息女でしたか」

改めてと立ち上がろうとした彼を制して。

「役職なんかないし、ただの事務員なんでそんな堅苦しい呼び方は止めて下さいね」

　遅くなりましたと手渡した私の名刺。

「渡辺冬優《ふゆ》さん？　冬生まれですか」

「はい、一週間ほど前に二十五歳の誕生日を迎えました」

「じゃあ同い年だ、僕も十二月に二十五歳になったばかりで」

「冬生まれの同級生！」

　お互いの共通点に距離が縮まって安心したようにくしゃりと微笑んだ彼と、目と目があった瞬間に胸の奥でコトリと何かが動く音がした。

　遠慮がちで、素直そうで彼の醸《かも》し出《だ》す優し気な雰囲気が好きだな、なんて。

　出逢ったその日には、彼に恋をしていたのかもしれない。


　昨年買ったばかりの赤い軽自動車は四輪駆動。

　小さなボディで雪をギュッと踏み摑むようにして力強く突き進む。

「夕飯は旅館で？」

「いいえ、せっかく越後に来たのでどこかで美味《おい》しい日本酒でもと」

「だったら、私の行きつけで良ければ紹介しますよ」

狭苦しい助手席で小さくなっている彼が信号で止まった私の方を見て。

「一緒に行きませんか?」

車内を暖めるためのヒーターの強い風の音といつも聞いている洋楽のボリュームを下げ損ねていたせいで彼が何と言ったのか一瞬わからずにいて首を傾《かし》げたら。

「長靴の御礼、……という口実で夕飯付き合ってもらえませんか?」

「あ、是非、あ……、是非というか、あの、はい」

しどろもどろになってしまった自分の返事が恥ずかしくて前を向き青信号に変わるのを待つ。

クスリと彼が笑っていたからますます恥ずかしくなった。

会う度にお互い惹《ひ》かれあっていくことに気づいていた。

私が好きなお酒を美味しいと飲んでくれる彼とは、同じ猫好きで聞いている音楽の趣味もよく似ていて、一緒にいると楽しくて離れがたくて。

次回はまた違ったお店を紹介しますね、と約束して彼が出張に来る日を心待ちにしていた。

「東京の桜はもう散り始めちゃったんですよ」

「だったら諒さんは今年二回目ですか？」

「二回目というか、会社の隣に公園があってね、咲き始めから終わりまで毎日見てたから何回目になるんだろ」


彼のことを諒さん、私のことを冬優さんと呼び合い始めたのは三回目の食事。

四回目の今日は少しだけ飲んだ後、夜桜デートに誘われた。

酔《よ》いに任せないと私たちはどうにも焦《じ》れったい。

「ちょっと、待って」

足を止めた彼に気づき、私も立ち止まる。

「桜、ついてる」

指先で私の髪についた花びらをつまみ上げ、ほらねと笑った彼。

「諒さんだってついてるよ」

背伸びして彼の頭に手を伸ばしたら、すぐ目の前に彼の顔があって。

「ごめんっ」

慌てて離れようとした私を急に抱き寄せて、そっと触れる唇。

夜桜の下、満月が見守る中。

「遠距離だから……、言いだせなくてゴメン。本当はずっと冬優さんのことが好きでした」

またしてもお酒の勢いに任せただろう彼は恥ずかしそうに唇を噛《か》みしめた。

「いつ言ってくれるかな、って待ってました」

きっとお互いに何度か恋愛経験はあるし、いい大人だ。

それでもこんな風に始まる瞬間は照れちゃうし、嬉しい。

遠距離恋愛というものに関しては未経験だった私たちは戸惑いもあれど、おはようのメッセージやテレビ電話で、それとなく少しずつ恋人らしくなっていった。

会いたいという想いは、焦れてつのる。

五回目の初夏に訪れる彼の出張までの時間は思う存分切なさのエッセンスとなって膨らんだ。

『次の出張決まったよ。どこ、泊まろうかな』

そんな意味深で惚《とぼ》けるような諒の台詞《せりふ》に、

「うちに泊まる？」

『いいの？　冬優』

嬉しそうなテレビ電話の向こうの諒に、勇気を出してコクンと大きく頷いたら。

『冬優？』

「ん？」

『真っ赤になってて可愛い』

クスクスと楽しそうに笑った彼に舌を出してしかめ面をした。

私をからかう、その余裕が悔しい。

『怒らないで？　でもその顔も好き』

「もうっ!!」

そうして初夏、初めて諒が私の家を訪れた。

大学を卒業し、父の会社に就職してから私は一人暮らしを始めた。

父が再婚したからというのもあるけれど、当時亡《な》くなった祖母が住んでいた家はリフォームしたばかりでキレイで、売りに出すか人に貸すか検討していたから私が名乗りを上げた。

駅から十五分駐車場付き平屋の一軒家、2LDKのこの小さな我が家で、諒はかしこまった様子でテーブルの前に座っている。

「社長はここに来たりしないの？」

さっきからソワソワしているのはそのせいだったのか。

つい先ほどまで会社で父と新製品についての商談をしていた諒にとっては、まだまだ取引先の社長にほかならない。

「来ないよ、今まで来たことないもん」

一瞬安堵《あんど》の顔を覗かせた諒に、

「今まではね？　今日はわかんないけど？」

からかうようにニヤリと笑ったら、脅かさないでよと苦笑している。

「だいぶ暑くなったよね、でも東京の方が暑いのかな？」

「うん、梅雨《つゆ》明けから一気に蒸し暑くてさ。こっちの夏は初めてだけど東京よりは過ごしやすそう」

氷の入った冷茶を美味しそうに飲み干した諒が、キッチンで夕飯を作る私の隣にいつの間にか立っていた。

「ザル蕎麦《そば》でいい？　天婦羅《てんぷら》と」

「手伝うよ」

「大丈夫だよ、座ってて」

身長差を見上げたら視線が絡《から》まった。

少しかがんだ諒の目が優し気に細くなったのをきっかけに目を瞑《つむ》ると優しいキス。

そのせいで、天婦羅を掬うタイミングを逃してしまった。

「諒のせいなんだから」

失敗した天婦羅をみて、むうっと唇を尖《とが》らせる私に、

「僕が責任持って食べるよ」

悪戯《いたずら》っぽく笑うからドキリとする。

諒の時折見せるそんな笑顔に、おそらくこの先も慣れることはない。

無防備に寝顔をさらけ出す、彼の額にかかる前髪を撫でた。

少し癖毛《くせげ》で猫みたいな柔らかな髪の毛。

私の部屋で。

私のベッドで。

私に腕枕をする諒の姿にまだ慣れない、ドキドキしてる。

「眠れない？」

髪を撫でた指先の動きのせいか諒が少しだけ目を開けて私を抱き寄せる。

「少しね」

そう言って諒の首筋に顔を埋《うず》めたら、くすぐったいと笑い出す。

どうやら諒は結構なくすぐったがりみたい。

「いつか」

「ん？」

ううん、なんでもないと首を振った。

代わりに首筋にまた顔を埋めた。

一晩だけの逢瀬《おうせ》を何度繰り返しても飽きることなく、諒への想いは加速していくばかり。

紅葉《もみじ》が赤く色づいて、白い雪でそれが全部覆《おお》われて。
また桃色の桜の花の季節が訪れて緑濃ゆい蟬《せみ》の鳴く時季が過ぎ。
その年の秋はやけに短く、クリスマスイルミネーションが街にお目見えした。
スノーボードをワンシーズンに二度、夏の高原と花見を二回。
紅葉狩りも二回した。
私の赤い軽四は二人の色んな想い出を詰め込んでドライブを楽しんだ。
今年の冬もまた一緒に遊べるかな？
諒との楽しいはずの未来を思い描く度に溢れ出す不安。
いつまで続く？　いつまで私たちは続けていける？
永遠に来ないで欲しいと願っていた、その瞬間は十二月のある日突然訪れた。
『来月の出張が終わったら、冬優の会社の担当から外れることになったんだ』
画面の向こうで悲しそうな顔をする諒に私は黙って頷いた。
「そう、前の営業さんも確か二年ぐらいだったし」
会社のローテーションなんだろう、そんなのは予想していたこと。
参ったな、と眉尻を下げた諒に私は諦めたように笑う。

ため息を飲み込み、見えないように爪が食い込むほどに拳《こぶし》を握りしめた。

「ちょうど良かったかもしれないよ？」

『え？』

「私ね、お見合いするの」

『待って？　冬優、どういうこと？』

「ほら一応、私は後継《あとつ》ぎだから。わかってると思うけれど」

だから、言えなかった。

いつか諒の住む町に行ってみたいだなんて。

いつか私をここから連れ出して欲しいだなんて。

「だって諒はここには住めないでしょう？」

私の言葉に彼が唇を噛みしめるのは否定も肯定《こうてい》もできないからだ。

ここに住むということは母一人子一人の諒には難しいこと。

初めてうちに泊まった日に聞いた諒の境遇で私はそれを理解した。

それでもいいと思った。いつか終わりが来るとしても、それでも。

ただ、諒のことが好きだったんだ。

『来月、会ってちゃんと話がしたい。冬優』

「うん、わかった」

それきり私たちはお互いに連絡を取らない日が続いた。

去年のクリスマスも正月も諒には会わなかった。

今年もそれと同じだけのこと。

なのにどうしてこんなにも寂しくて悲しいのだろうか。

寒さの中互いの体温を求め寄り添うように歩く恋人たちを見かけては、ほんの少し前までの自分たちを思い出してしまって、その度に苦しくなる。

「久しぶり」

厳密にはさっきぶり。

さっき会社に来て、父に最後の挨拶をしていた諒が私の家を訪れたのは一月半ばだった。

前に会ってから二ヶ月、あの電話から丁度一ヶ月だ。

「二十七歳、誕生日おめでとう冬優」

「諒もね、おめでとう」

夕飯の後でネームプレートも蠟燭《ろうそく》もない小さなホールケーキを用意しておいた。

「これね、ワイン酵母《こうぼ》仕込みの珍しい日本酒なんだ。飲むでしょ？」

うん、と遠慮がちに微笑んだ諒に冷えた日本酒をグラスに注ぐ。

ケーキを食べながら、本題から逸《そ》れた話ばかりを重ねる。

今年の冬は雪が多いらしいとか、だけど温暖化の影響らしいよねとか、そんなのばかり。

話は尽きて沈黙に耐え兼ね、テレビをつけたら大雪警報の知らせが流れた。

窓から様子を見ようにも、その窓自体に雪が貼り付いて外がどうなっているかなんてわからないけれど、ガタガタと時折吹き付ける風が暴風雪を物語っていた。

「さっきから時計気にしてるけど、もしかして宿取ってたり？」

「一応、ね」

申し訳なさそうに微笑む諒。

そうだよね、別れ話で来て泊まってくなんて諒は気まずいよね、でも。

「危ないから泊まってって。明日の朝には止むだろうし」

私の提案に少しだけ迷った様子を見せて。

「じゃあ、泊まらせてもらおうかな」

ごめんね、と謝られると何だか悲しくなる。

諒がお風呂に入っている間にベッドの隣にお客様用の布団を敷いた。

一緒に眠るわけにはいかないでしょう？

結局何の話もしないままで私たちは寝室に入って、諒はお客様用の布団を見ても何も言わずに横になった。

「寒くない？　毛布ならもう一枚あるから出そうか？」

「大丈夫、それにしても今夜は冷えるね」

「大体いつもこんな感じよ、越後の冬は割と厳しめだから」

そうなんだ、という乾いた笑い。

沈黙が続く中で、小さく一つ咳《せき》ばらいをした諒は。

「薄々、冬優が後継ぎだってことは気づいてたんだけどさ。一人娘だって言ってたたし」

「うん」

「本当は何度もここからさらって東京に連れて帰ろうかな、なんて思ったりもしてさ」

「……ん、」

「でも無理っぽいから、僕の方がこっちに来ようかって考えたこともあるんだよ」

「ん……」

相槌《あいづち》だけで精一杯だった、これ以上声を出したら泣いていることがバレてしまう。

額まですっぽりと布団を被って、だけど諒の声を聞き漏らさないように。

「本気で考え出した矢先に母さんが入院しちゃってさ、元々が身体《からだ》が弱い人だし身内は僕だけだし」

聞いている内に気づいたのは諒の声も泣き声だということだ。

「ねえ、諒」

「ん？」

「来て？　寒くて寝られない」

「僕もだ」

私のベッドに入り込んできた諒と目が合った。

お互いの泣き顔に手を伸ばして拭《ぬぐ》いあう。

あなたは本当に私のことを考えていてくれたんだね。

それが嬉しいから大丈夫。


小学校三年生の時に母が亡くなって男手一つで育ててくれた父。

父が諒のことを知ったなら私に嫁に行けと言ってくれるだろう。

だけど周囲に後継ぎだと私のことを嬉しそうに紹介しているのを知っている今、もうそんなことは言い出せない。

来週には婿《むこ》入りをしてもいいという方と見合いまですることになっている。

諦めの涙が流れてもこの先互いにそれを拭《ふ》くことは叶わないから。

せめて今夜だけは恋人のままでいさせてね。

「冬優の面倒見のいいところが大好きでさ」

「だって諒ってば、どこか放っておけなくて」

「冬優は僕のどこが好きだった？」

「……、全部じゃない？」

「本当に⁉　なんかズルいよ」

「ズルくないよ、だって本当だもん、だから」

「だから？」

愛してる、そう言いかけた互いの唇を塞《ふさ》ぎ合う。

わかってる、諒が私を愛してくれていること。

伝わってる、私が諒を愛していること。

口に出してしまえば、きっと私たちは終わりにできないから。

朝まで隙間なく抱きしめあって、帰京する諒に最後のキスをした。


「すごい雪だね」

開けた玄関先、雪崩れ込んだ雪に苦笑して雪かきを申し出てくれた諒に、新幹線の時間がないでしょ、と遠慮した。

寒くてポケットに入れていた手を出して、その雪を掬《すく》い小さな小さな雪玉を作り私にくれた。

「じゃあ、行くね」

ひざまで積もった雪を踏み固めるように一歩一歩ゆっくりと遠ざかっていく諒の背中に。

「転ばないでね、除雪車に気を付けて！」

一瞬足を止めて口元だけを隠したマフラー姿で。

頷き振り返った彼の目は出逢った日のように優しく微笑んでいた。

大好きなその笑顔に「またね」と言いかけてそれを止めた。

またね、はもう二度とないんだ。

一つ一つ想い出を落としていくような足跡、一瞬舞い上がったホワイトアウトに目を閉じて。

次に目を開くと諒の背中はもう消えていた。

手の平に載った雪玉の冷たさよりも心が冷たくなって。


「寒いな」

独り言ちたら涙が零れ、誰にも見られないように玄関の引き戸を閉めた。

一人暮らしで良かった。

誰もいないから、声をあげて泣くことだってできる。

でも拭いてくれる人はもういない。

諒はいない、もう会えないんだ。

手の平の雪の塊《かたまり》は私の体温でどんどん小さくなっていく。

諒が最後に私にくれたもの。

解け終えれば、跡形もなくなれば。

それを合図に私は諒のことを忘れていくはず。

あなたは東京で、いつか素敵な人と結婚して。

私のことなんか『そういえばいたな』ぐらいに顔も忘れてしまうほどの淡《あわ》い想い出にしちゃえばいい。

私だってそう、たかが二年だもの。

諒なんて、諒のことなんて……。

たかが二年なのにおかしいな。

今までこんなに好きになった人はいなかった。

一気に解けてしまえばいい、と思いきり握りしめた雪はじわりと小さくなって、なのに固く解け切らない。

まるで私の未練がましい心のようだ、と開いた手の平に。

雪ではなく解けて無くならない、光るもの。

「……なんで、」

左手で冷たくなったそれをつまみ上げたら中に刻まれた文字。

R to F
諒から冬優へ？

石のついたシルバーリングにボロボロと涙が落ちる。

「ごめん、父さん、」

待って、お願い、待って。

リングを左の薬指にはめて玄関を開けたなら、駅までの道しるべ、諒の足跡が続いている。

深雪の上に穴を掘ったみたいに、深く深く残ったその足跡に自分の足跡を重ねて急ぐ。
あなたの体温も私の髪を撫でてくれた指先の感触も。
私の名を呼ぶその声を。
私まだ想い出になんかできそうもない。
間に合う？　まだ間に合うかな？
あなたがここにいる内に。
あなたの心に私がまだいる内に。
あなたじゃなきゃ。
諒じゃなきゃ。

「諒っ‼」

振り返ったら、きっと私と同じ顔。
ほらね、泣きながら微笑んでいた。

とりあえず。
好きなら好きって言えばいい。

橘実来

「高木さん、一番に奥田《おくだ》様から電話です」

隣席《りんせき》に座っている町田が何度か瞬《まばた》きをして、菜々緒《ななお》に声をかける。

首を傾《かし》げると、からかうように菜々緒と同じ方向に首を傾げた。仕事中とは思えない楽しそうな表情に、ため息をついてしまう。

「……一番ですね？」

面白がっている町田の視線を振り切り、通話ボタンを押す。

「はい、高木です」

『あ、僕、だけど。仕事中にごめんね』

うっと息を飲んだ後、ひとつ吐息《といき》をついて声を潜める。

「巧《たくみ》？　……仕事場に電話をかけてくるなんて、どうしたの？」

『……今夜、菜々緒と会って話したいことがあったから。早く連絡したくて……』

彼が急ぎで話がしたいなんて、用件はひとつだ。菜々緒は小声でボソリと呟《つぶや》く。

「お金?」

『……まだなんにも言ってないのに』

「お金の話じゃないの?」

『……そう、かもしれない』

嘘がつけないバカ正直なところも相変わらず。とは言っても会っていない期間は十日ほどだから、変わりようもない。

菜々緒は頭を切り替えるために、一呼吸おいてから口を開いた。

「……会えないよ。仕事中だし切るからね」

『あのさ、七時にいつも待ち合わせしている公園で待ってるから』

「……行かない」

『うん、でも待ってるから』

きっと捨て猫みたいな顔をしている。声が少し震えているから。

そんな巧を簡単に想像できてしまうくらいにはこの三年、菜々緒は彼とたくさんの時を過ごしてきた。無防備に巧と話すのは危険。嫌いで別れたわけではないのだから。

菜々緒はブンブンと頭を振って脳内で悲しげな表情をした巧の顔を消した。

「申し訳ありません。本日は予定が入っておりまして。後日調整したうえ、折返しこちらから連絡いたします。では失礼いたします」

今度は周りにも聞こえていいようにキッパリそう言う。受話器の向こうで微《かす》かな吐息。何か言おうとしている空気を感じたけれど、その前に受話器を置いてしまった。

そのままパソコンのスクリーンに視線を落とすと、上から声が降ってきた。

「今の、例の彼氏？」

電話をつないでくれた町田が小声で話しかけてきた。飲み会で、酔《よ》った勢いにまかせて町田に巧の話をしたのを菜々緒は後悔したけれど遅い。

「もう元カレですから」

あえてサバサバとした口調で答えると、町田は、ふーん、と言って目を細めた。

「やっぱり別れたんだ」

「町田さん、私を構う暇があるなら仕事してください」

「暇じゃなくても構うよ。気になるし」

町田は片方の眉《まゆ》をあげて、しれっとそう言ってのけた。彼もまた、巧とはちがう方向から女の子の心をくすぐるのが上手《うま》い。

「……またそんなことあちこちで言ってると、誤解されて揉めますよ?」

町田は菜々緒の言葉に肩をすくめて笑った後、少し真面目な顔をした。

「人聞きが悪いな。あちこちでなんか言わないよ?」

意外と真剣な声に、菜々緒がびっくりして顔をあげたその時、オフィスの奥から町田さーんと呼ぶ声がした。

彼はすっと目を細めて笑うと、立ち上がり行ってしまった。伸びた彼の背中を見つめる。


町田は同じ大手製紙会社に勤める、原材料調達チームの同僚でふたつ年上。先月チームに異動してきたばかりだが、話しやすく親しみやすい人柄だから、もうすっかり馴染んでいる。

高身長、顔は正面から見るとやや濃すぎるものの、横顔は人気のある某俳優に少し似ている。つまりイケメン。さらに仕事もできて独身。当然女子社員から結構人気がある。

（だけどこういう、いかにも正統派イケメンには、縁がないんだよね）

菜々緒はため息まじりに苦笑した。今まで本気でおつきあいした人は三人。しかもその三人が揃いも揃って、苦労しそうな男ばかりだった。

最初につきあったのは大学時代、背伸びして通っていたバーで、隣り合わせたバンドマン。

見た目のカッコ良さに加え、メジャー歌手のバックでドラムを叩いているというちゃんとしたミュージシャンだった。それでいてチャラすぎず、照れながら話す姿が素朴《そぼく》で可愛い。そのギャップに菜々緒はコロンと恋におちてしまった。

けれど蓋《ふた》をあけたら、自分はシャイだ、Kさんのバックバンドをやってるなどと安心させ、すぐに女の子を口説く浮気体質だった。

どこがシャイなの、嘘つき！　と何度も大喧嘩。そのたびに平謝りされて仲直りを繰り返したけれど、結局、彼の浮気癖に耐えきれず別れてしまった。

二人目は会社の同期。見た目は可もなく不可もなく。けれど仕事ぶりはいたって真面目、趣味であるカーレースに情熱を傾けるストイックなところにも菜々緒は好感が持てた。

けれどその情熱も度がすぎたらつきあいきれない。週末デートはサーキット場かジムカーナ。会話といえば仕事か車の二択。

しかもボーナスから給料まですべて車に消えていく。一緒にいてもつまらなすぎる未来しか見えなくて、別れを告げたのだった。


三人目が巧だ。

会社の帰り、銀座のデパ地下でぎょうざを売っていた巧と再会したのがつきあうきっかけだった。そこで連絡先を交換し、つきあうようになった。

巧は大学で所属していた演劇サークルの先輩で、憧れの存在だった。

大学時代の彼は、いつも友達や後輩たちに囲まれて笑っていた。そんな巧を、菜々緒は遠くから眺めていたものだった。

つきあってみても、歴代彼氏のなかで一番居心地がよかった。

会話は面白いし、多少優柔不断なところも裏を返せば優しいし、家事だって一通りこなせる。モテるから浮気を心配したけれど、こちらを不安にさせるような行動はしない誠実さもあった。なによりおっとりした性格で、一緒にいると落ち着けた。


けれど残念ながら、完璧な彼氏なんてこの世に存在しない。

巧にもやはり唯一にして最大の欠点があった。

それは三十過ぎているにもかかわらず、歴代彼氏のなかで圧倒的に経済力がないこと。とにかくお金がない。なんにもない人だったのだ。

巧は一部上場企業に就職が内定していたのに、演劇にのめり込んで留年、内定は取り消しになった。

六年かけてようやく大学を卒業したあと、小さな劇団でほそぼそと活動しながら隙間《すきま》時間にバイトをする、典型的売れない役者だった。

菜々緒は放っておけず、食事を食べさせたり、アパートの家賃を立て替えてあげたり、公演チケットを買ってあげたり。

そうして巧に費やしたお金の累計は百万円はくだらないだろう。彼の才能に投資といえば聞こえがいいけれど、簡単にいえば貢《みつ》いで早二年。いつか芽がでるのではないか。そう期待して二年が過ぎた。

顔で勝負できる役者じゃないのは、菜々緒もわかっている。昔CMで見た、鼻が電話になるコアラのキャラクターに似ていて、パッと見ると、可愛いような気もするものの、よくよく見たらイケメンでもなんでもない。

役者としての才能も、正直菜々緒にはよくわからない。愛嬌《あいきょう》があって、舞台での演技も自然だとは思ったけれど、そんな役者は山ほどいるだろう。

けれどただひとつ。菜々緒が彼の才能だと信じていたものがあった。

それは彼が時折見せる笑顔。

奥二重《おくぶたえ》の瞳がゆっくり細められてくしゃりと表情を崩し、唇がゆっくりカーブを描きはじめると片頬《かたほほ》に小さなえくぼができる。

それは子供みたいに彼を無邪気に見せるくせに、見ている菜々緒の体の奥にある何かを優しく慰撫《いぶ》する、もどかしいような甘さも含んでいて。

なぜか泣きたくなって抱きしめてしまいたくなる。そんな破壊力がある笑顔だった。

そう感じたのは菜々緒だけではないはずだ。

学生時代、巧があれだけモテていた最大の理由は、性格の良さ以上にこの笑顔に皆《みな》、惹《ひ》き付けられたのではないかと菜々緒は思っている。

そうはいっても、能天気に巧の才能開花を待っていられなくなってきた。

菜々緒はもう二十九歳。今月二十六日の誕生日で三十路《みそじ》に突入する。巧との結婚をぼんやり夢みていたけれど、役者として売れる気配もない巧を待っていたら、おばあちゃんになってしまいそうだ。

親も早く結婚しろとうるさく言ってくるし、なによりこのまま五年、十年、あっという間に経ってしまうのが、菜々緒自身怖くなってしまった。

そして。とうとう誕生日を前に決意をした。

もう巧とはつきあえない。真っ当な人と普通に幸せになるために、婚活をはじめよう、と。

十日前、別れを告げた時の巧の顔は忘れられない。

しばらく呆然としたあと。くしゃりと顔が歪《ゆが》められて瞳からすうっと涙が落ちてきた。

それからぽつりと、菜々緒ごめんね。いままでありがとう、お金もちゃんと返すねと小さく呟いて、泣き笑いを浮かべた。菜々緒が大好きなあの笑顔で。


あの時のことを思い出すとまだ胸が痛くなる。つきあっている時は、あの笑顔を存分に見ていたから気が付かなかった。見られなくなると思ったら、こんなに物足りなくて寂しいものなのかと。

けれどそう言いながら別れた彼女に、懲《こ》りずにお金の無心をしようとしているオトコなんか、別れて良かったのだ。

菜々緒は自分にそう言い聞かせる。

けれどもし。とんでもなく切羽詰まった状態になってしまったのだとしたら……。最後の手段で、菜々緒を頼ってきたのだとしたら？

そう考え出したら、喉の奥に何かが詰まったような、そんな息苦しささえ覚えて菜々緒は仕事をしているのすら苦痛になってしまう。

時計の針が四時になり五時になっても、悲しげに笑うコアラ顔が脳裏を掠《かす》めてしまう。

六時を過ぎたところでどうやっても仕事に身がはいらなくなり、諦めた。

（もう帰ろ……）

幸い今日は無理をして残業する必要もない。家に帰って、お気に入りの入浴剤でもいれて、のんびりお風呂でもはいったら、気が紛《まぎ》れるかもしれない。

億劫《おっくう》で先延ばししていた、婚活サイトの登録も今日こそしよう。菜々緒がそう思い立って帰り支度をはじめた時だった。

「帰るの？　飲み会？」

振り返ると、町田が頬杖《ほおづえ》をつきながら菜々緒を見ていた。

「いえ、今日は家でのんびりしようかなって」

そう答えると町田は姿勢を正し真面目な顔で、呟いた。

「じゃ、飲みに行かない？」

「あ、みんなで、ですか？」

反射的にそう言って調達チームメンバーの机を見るけれど、皆、出払っている。

視線を町田に戻すと、彼はゆっくりと首を振った。

「二人じゃ、だめかな？」

切実な口調を緩めるように、照れたように町田が笑った。少し鈍《にぶ》いと言われてしまう菜々緒でもどきりとした。

これはデートに誘われているのかもしれない。

オトコ運のない菜々緒が、こんなまともな男《イケメン》に誘われる機会なんて、もうないかもしれない。

頭の中を占領していた、泣きべそをかいたコアラを強制的に追い出した。ここで巧を吹っ切って前に進まないと、きっと一生後悔する。吐息をひとつついてから、神妙な表情で答えを待っている町田を菜々緒は見た。

「大丈夫です、行きます」

そう言ってにっこり微笑んでみせた。

（こんな店、久しぶりにきた）

菜々緒はキョロキョロと店内を見回した。

とんでもなく高価そうな大きな花瓶。そこに生けられた豪華なフラワーアレンジや革張りの座り心地のいいソファ。

はめ殺しの大きなガラス窓は、キラキラと眩《まばゆ》い光を放つ東京の夜景を余すことなく映し出し、薄暗い店内にさらに高級感と彩《いろど》りを添えている。

ここは会社近くにある、外資系高級ホテルの高層階バーラウンジ。隣に座る町田はこういう場所に慣れているのか、氷を揺らしてウィスキーを飲む姿もサマになっている。

テーブルの上には、菜々緒が頼《たの》んだブルーオーシャンというカクテル。グラスのなかで揺れるブルーのグラデーションがネオンのように瞬《またた》いている。一杯二千円也。来たくてもいつでも来られるような場所ではない。ましてや巧となんて絶対に来られない。

はっとして首を振る。また巧のことを考えてしまった。そんな菜々緒に気付いて、町田がクスリと笑った。

「高木さん、どうしたの？」

「あ。いえ！　その、町田さん、よく来るんですか、こういうところ」

あわてて笑顔で答えた菜々緒に、町田も穏やかに首を振った。

「滅多《めった》にこないよ。来るとしたら……」

「あ！　接待ですね？」

巧の残像を消すように、あえて明るい調子で言ってブルーオーシャンに口をつける。町田はニヤリと色っぽい笑みを浮かべた。

「ちがうよ。本気で口説きたいとき」

思わずブルーオーシャンをまともに吹きそうになってしまい、あわてて飲み込んだものの逆流して誤嚥《ごえん》、激しく咳き込んでしまった。

「高木さん、大丈夫？」

町田が心配そうに覗きこんできたから、何度もうなずいてみせた。

「だ、大丈夫です。あー、びっくりした。マーライオンになるかと……」

町田が軽く目を見開いたあと吹き出した。

「前から思っていたけど、高木さんて真面目な顔して冗談を言うよね」

あははは、と声にだして楽しそうに笑うから、菜々緒はなんだか照れてしまう。

町田と二人きりで飲むのは初めてなのに、女の子慣れしているのか、全く気疲れしなかった。

適度な距離を保ちながら、親密な空気を作るのが上手い。話題も豊富なのに、自分ばかりしゃべりすぎず、程よいタイミングで菜々緒に会話を振って、穏やかに相《あい》槌《づち》を打ってくれる。

収入だって安定しているし、しかもイケメン。巧からは得られないこの圧倒的安心感はすごい、と菜々緒は感動すらしてしまう。

寛《くつろ》いだ雰囲気になった頃合を見計らったように、町田が背筋を伸ばして菜々緒を見つめた。

「さっき言っていたけど。彼氏と別れたんだよね？」

「あ、はい。別れました。十日前に」

アルコールが入ったせいでガードが弱くなったのかもしれない。いきなり巧の話を出され、せっかく脳の片隅に閉じ込めていたコアラがピョコッと顔をだしてしまった。

「十日前……。別れたばっかりか」

「はあ、別れたばっかり、ですね」

脳内で動き回るコアラを隅に追い詰めようとするけれど、逃げ回ってなかなか捕まらない。

「今日彼から電話がかかってきたけど、でも別れたんだよね？」

「はい、間違いなく別れました」

コアラと格闘しながら、町田に聞かれるまま、あまり深くも考えず反射的に答える。

「……それなら。僕とつきあってくれないかな」

「え……！」

突然そう言われ、びっくりして顔をあげる。真剣な表情をした町田が、じっと菜々緒を見つめている。

泣きべそをかいたコアラも菜々緒をじっと見ていたけれど、次第にその姿が薄くなり脳内から消えた。

「初めて会った時から、気になってて。真面目なのに、どこか浮世離れしてフワフワしているところが可愛いなって思ってた」

菜々緒を愛《いと》おしげに見つめる瞳に、心臓が音をたてて走り出す。とうとう菜々緒にもまともな、いや、まともどころか、かなり上等な彼氏ができる時がきたのだ。町田がゆっくり手を伸ばしてそっと菜々緒の頬に触れた。とても優しい控えめな感触。

それなのに。

どうしてだろう。

町田に触れられても、菜々緒はなにも感じない。好きな人にこんなふうに触れられたら、疼《うず》くような痛みに似た熱をそこに感じるはず。

少なくとも巧に触れられた時、菜々緒はそう感じた。

それどころか逆に、町田の触れた場所から酔いも、舞い上がった気持ちも、ゆるゆると醒《さ》めていく。

理性とはまた別の、皮膚感覚みたいなものだから、菜々緒にもうまく説明できない。けれど町田とキスなんてできないし、それ以上の接触なんてムリなことも、わかってしまった。

一旦そう感じてしまったら、もうだめだった。

寄せられた町田の顔。横顔は素敵なのに、正面から見ると眉毛が立派すぎて、苦手だと感じてしまう。

巧の眉毛は子泣き爺《じじい》みたいに下がっていて、しかも右眉の上のあたりが傷のせいで少し欠けていた。けれど巧が寝ている時、その欠けた部分を指でなぞるのが好きだった。

菜々緒はハッキリと悟《さと》ってしまう。町田は、この上もなく条件のいい恋人になりそうなのに、気持ちがついていかない。

そして数段以上男ぶりが落ちる巧を、どうしても愛おしいと思ってしまうことも。町田といたら幸せになれるとわかっているのに、そうできない不幸体質。菜々緒は泣き笑いしてしまう。

心配そうにこちらを見ている町田に、ひとつ吐息をついてから、ごめんなさい、と小さく呟いた。

菜々緒は必死で走った。スマホを見ると、時刻は21：47。

巧が勝手に指定した待ち合わせ時間から、すでに三時間近く経つ。スマホに着信履歴《りれき》は二回。そのあとにきたメッセージが『待ってるから』。

さすがにもういないかもしれない。いや、お金を借りたいならまだ待っている？

色々な思いが菜々緒の頭を巡《めぐ》る。

ようやくたどり着いた公園、息を切らしながら見渡すと巧はいた。けれど何故か某独裁国家の兵隊みたいな歩き方で、一人で行進している。

「巧⁉」

菜々緒を視界に捉えた彼は歩みを止め、クシャリと表情を崩して嬉しそうに微笑んだ。

「菜々緒……来てくれたんだ」

その笑顔を見ただけで、体の内側がじんと熱くなり、泣きたくなるようなせつなさが背中を走る。

それでも素直にそんなこと言えないから、菜々緒はふくれつらで、憎まれ口を叩いた。

「なんで待ってたの！　しかも夜の公園で行進するなんてどうみても不審者だよ。通報されるよ！」

「次の公演、兵隊さんの役なんだ。菜々緒を待っている間、暇だから練習しとこうと思って」

にこりと微笑んだ巧を見ていたら、菜々緒が好きな、あのお菓子のパッケージが頭に浮かんできた。

（コアラの行進……）

巧の行進姿とだぶって笑いが止まらなくなってしまう。涙まで流して笑っていると、巧が心底びっくりした顔をして、菜々緒どうしたの、と心配そうに背中をさすってくる。

その手の温かさは菜々緒の内側に染み出して、せつないような、幸せな、甘い何かを流し込んでくるから。こんな感覚をくれるのはやっぱり巧しかいない。

菜々緒は人生最大の決意を持って、肚《はら》を括《くく》った。顔をあげて巧を見つめる。

「やっぱり……巧が好き」

「え⁉」

巧が呆《ほう》けたように菜々緒を見た。

「超お金がなくて、イケメンでもなんでもないけど、巧が好き」

口にだしてそう言ってみたら、憑《つ》き物《もの》が落ちた心地がした。

（そうだ。もう後戻りはしない。不幸も幸せもまとめて全部背負ってやる）

菜々緒の表情は晴れ晴れとした爽快感に満ちていた。

「……ありがとう」

言われ放題でも告白は告白。巧は照れたようにふにゃりと笑うと、着ていたジャンパーのポケットに手を突っ込み、クタクタの茶封筒を取り出した。

「僕もハイ、コレ」

受け取った茶封筒の中身を見たら五万円がはいっていて、菜々緒は大きく目を見開いた。

「お金を貸してほしいって話だと……」

「ちがうよ。テレビのオーディションも受けまくって仕事が取れたんだ。貰《もら》ったギャラを菜々緒に渡したくて。いつまでも菜々緒に甘えてられないからさ」

巧は舞台にやたらこだわっていて、テレビの仕事を生意気にも避けていた。

「菜々緒も役者も、どっちも諦められない。死にものぐるいでやるから。やっぱり一緒にいて。苦労かけちゃうけど、ホントがんばるから」

巧は菜々緒を愛おしげに見つめ、そっと抱きしめた。

その温もりは間違いなく、本当に好きな人は誰なのかを、教えてくれている。もう後悔しない。菜々緒はそう心に誓って何度も何度も巧の頭を撫でる。けれどその髪の毛がなぜか少し臭《にお》う。

「巧、臭《くさ》い？」

「あ、やっぱり？　テレビの仕事がドブに落ちる役だったから。何度も洗ったんだけどなあ」

おっとりそう言って自分の匂いをくんくんかぐ巧に、菜々緒はまた吹き出してしまった。多少ドブ臭くても、気にならないくらい、巧のことが好きな自分にも呆《あき》れながら。

お金も未来の確証も、なんにもない状態。それでも小さな幸せを嚙《か》みしめる二人がそこにいた。

けれど世の中、何が起きるかわからない。

某芸能人のドブに落ちたドジ話を再現したテレビ番組に出演したことが、巧の運命を大きく変えることになる。

例の笑顔がテレビ画面で大映しされた瞬間、あの役者は誰だとＳＮＳをざわつかせ、動画つきで拡散。

のちに日本でも指折りの名バイプレイヤー、奥田巧が誕生するきっかけになるとは、その時、菜々緒も巧も知る由《よし》もなかった。

虹色の抱擁

猪野いのり

いつもの市バスに乗り込んだちづ江《え》は、その光景を見て目を細くした。

優先席に若い女が座っている。これはいかん、と鼻を鳴らしてその女の目の前に立ち言った。

「若いのに座るなんて、何を考えてるのかね。優先席だよ。年寄り優先だよ」

ちづ江は御年《おんとし》七十五歳。今日も老体に鞭《むち》打ち、市民病院の整形外科へ慢性の肩こりのため通っていた。それなのにこんな若い女にいつもの席を取られているなんて。

その女といえば、すぐ席を譲《ゆず》るかと思いきや、膝《ひざ》に置いたカバンに手を伸ばして何やらキーホルダーを見せてくる。

「すみません。妊娠中なんです」

丸くて小さいキーホルダーは、ちづ江の老眼にはいささか見えにくかった。

「それが何だね。妊娠は病気じゃないよ。私も妊娠中のときはあったけどね、畑仕事も水仕事もこなしたもんさ」

最近の若者は高齢者に対する礼儀がなっていない、と憤慨《ふんがい》する。そそくさと席を立った女を尻目《しりめ》に、空いた優先席へどかりと座った。

最近は膝関節がつねに痛い。膝をさすると、視界の端にサラリーマンが先ほどの女に席を譲っているのが見えた。

ふん、要領の良い女だね。若いうちだよ、男に優しくされるのなんてねぇ……と、ちづ江は頭の中でひとりごちて目を閉じる。『発車します。ご注意ください』の機械的なアナウンスが聞こえ、ちづ江の小さな老体は振動に乗りゆらりと揺れた。

乗客のほとんどが市民病院前で降り、ちづ江もその流れと一緒に馴染みある建物へと入った。

通っている整形外科は一階の奥だ。建物の中央には階段とエスカレーターが設置されており、そこを突き当たって右に曲がらなければならない。

ちづ江が階段前へと差しかかったとき、甲高《かんだか》い子どもの声が聞こえた。

「ママー、はやく、はやく」

ちょうど階段の中央あたりで、二、三歳の男の子が一人で降りていた。両手で手すりにぶら下がり、カニのように体を横にし楽しそうだ。母親はその後方にいた。抱っこ紐でもう一人の赤子を胸に抱き、大きな荷物を背負い、肩にもバッグをかけている。慌てて男の子に声をかけていた。

「よーちゃん、先に行かないで。待ってて」

しかし男の子は、そんな声を無視してますますはしゃぐ。

ちづ江はちろりとその光景を横目に、階段前を通り過ぎようとした――が。

それは一瞬だった。

降りきるまであと数段というところで、男の子の体が浮いたのだ。

なぜそうなったのかはわからない。ただ、階段からも手すりからも身を投げ出してしまった男の子は宙を浮いたかのように見えたが、ただ落下しているだけだった。

ちづ江は思わず目も口も大きく開いた。頭は空っぽになり、気がつけば視界には皺《しわ》だらけの自分の両手が、男の子に向かって伸びていた。

「よーちゃん！」

母親の叫びが響く。

階段下にいたちづ江は、見事に落ちてきた男の子をキャッチ——というよりも、体を下敷きにして男の子の怪我を防止した。

いくら小さい子とはいえ、落下の衝撃はちづ江の古びた体には堪《こた》えた。ズキズキと腰も腕も痛い。

骨折するところだったじゃないか、と怒りを感じそうになったが、風船が割れたように男の子が突然泣き出したので、驚いたちづ江は何も言えなくなってしまった。

「うわーん！　うわぁーん！」

「よーちゃん、大丈夫⁉」

駆けつけた母親が、男の子を抱きしめ顔を真っ青にしていた。そしてすぐに、ちづ江へと視線を向ける。

「すみません！　大丈夫でしたか⁉」

そこでようやく、ちづ江は「あいたたた……」と声を漏らすことができた。

近くで聞く子どもの泣き声の、大きなこと大きなこと。そちらに気を取られてしまって、自分の体の痛みを忘れそうになっていた。

（うるさいねぇ。子どもの泣き声ってのは、こんなにうるさいのかい）

埃《ほこり》をパンパンと払いながら、ちづ江は助けた男の子を見下ろした。

涙と鼻水をぐちゃぐちゃにして、母親の服になすりつけている。母親は膝をつき、抱っこ紐の赤子ごと男の子を抱きしめながら、ちづ江を見上げて何度も頭を下げた。

「本当に……本当にありがとうございます」

「別に。たまたま通りかかっただけだよ」

「あの、お体は大丈夫でしたか？　怪我はありませんか？」

「あ？　……あぁ、ないんじゃないの」

そう答えている間も、ちづ江の心臓はまだ少しだけバクバクと鳴っていた。もし自分が通りかかっていなかったら、男の子はどれだけの怪我をしていたのだろうか。無防備に空中へ投げ出された小さな体を思い出して、ひやりとする。

そんなちづ江の前で、母親は子どもを抱きつつ器用に肩のトートバッグを漁《あさ》った。何かを手に持ち、ちづ江へと差し出す。

「あの、心ばかりですが、良かったらこれを」

小さな紙袋だった。カサリと鳴るそれをちづ江が受け取ると、母親は微笑みつぶやいた。

「サンキャッチャーです」

「……さんきゃ……ちゃ？」

意味不明な単語を言われて、ちづ江はきょとんとする。

母親はもう一度「サン、キャッチャー……です」とゆっくり言うと立ち上がった。

「趣味で作っているのですが、良かったら窓辺にでも……。本当に、ありがとうございました」

母親はそれだけ言うと、泣きやんだ男の子の手を引いて離れていった。

男の子はちづ江を何度もふり返り見て、時折小さな手を振ってくれる。

紅葉《もみじ》のような手から送られるバイバイに、ちづ江は応えることもせずに——ただ、遠くになるのをずっと見つめていたのだった。


ちづ江は公団住宅へと帰宅すると、簡単に昼ごはんを済ませた。一汁一菜の質素な食卓は味気なく、面白くもないテレビを観ながら食《は》む。

流しに食器を片付けたのちに、ふとあの母親からもらった紙袋のことを思い出した。座椅子に座り、鞄を引き寄せそれを取り出す。

中から現れたのは、三十センチほどの紐に、複数の球体ガラスが通された小物。つまんだ指先近くに、大きな球体ガラスが一つ、その先に小さな二つが子どものように連なっている。ガラスの表面は細かくカットされており、触るとゴツッとしていた。小さく光がまたたく。

「何だね、これ。飾りか」

そういえば、あの母親が窓辺にでも飾ってくれと言っていたことを思い出す。名前はたしかそう……サンキャッチャー。

お洒落に気をつかう昨今の母親らしいインテリ趣味な品物だ、と思い鼻を鳴らした。

「ま、もらえるもんはもらうけどさ。こんなものより食いもんか金目のものの方がよっぽど礼になるっていうのにね」

まったくわかってないね、と口の中でぐちぐちと文句を潰し、ちづ江は窓辺に近づいた。

南側にある低めの窓。そこならば、ちづ江が少し背伸びをすれば、カーテンレールにかけることができた。紐を通すと窓の右端に、キラキラとしたガラス細工が雨《あま》粒《つぶ》のように連なり垂れ下がった。

まぁ、綺麗といえば綺麗か――とちづ江はひとりごちる。

その時、ついでにカーテンを開けようと思ったのは単なる偶然だった。

シャッと小気味よく若草色のカーテンを引いたとたん、キラキラとした虹色の光が、ちづ江の瞼《まぶた》に降りそそいだ。

最初はそれが何なのかわからなかった。しかしよく見るとそれは、ガラス細工の球体が外からの陽射しを受け止めて、室内へとちりばめたプリズムによる光だったのだ。

虹色のきらめきが、くるくると部屋のあちこちで踊《おど》っている。

カーテンを引いた振動で、サンキャッチャーも回っていたからだった。

「何だぁ、こりゃあ」

思わずまぬけな声がちづ江の口から飛び出た。

サンキャッチャーと室内を交互に見てその仕組みを理解したが、目の前の光景にすぐ慣れることなどできない。光を目で追ううちに「ほ、ほ、ほ」とさらに変な声が出てきていることに、本人は気づかなかった。その口角がほんの少し、上がっていることにも。

「こりゃ……まぁ、何とも」

その続きの言葉は出なかったが、ほどなくして目尻《めじり》に皺が寄った。はしゃぐように室内を踊る光を見ているうちに、ちづ江の心に何かがポッと灯る。

その灯火《ともしび》は、その日太陽が落ちるまで、ずっとちづ江の心に残っていたのだった。


そんなことがあった一週間後。とくにちづ江の日常は変わることなく、過ぎていった。

しかし、ほんの少しの変化もあるにはあった。朝起きてからまず、カーテンを開けることが日課になったのだ。

今までならば朝ごはんを済ませてから開けていたが、手順を変えると朝日の中での食事が、少しだけおいしいような気がした。

サンキャッチャーからの虹色の光は、太陽の角度によっては、かなり部屋の奥まで届くこともあった。その光を追っていると、室内をじっくり見るようになり、あちこちに埃が溜まっていることに気づいた。「何だい、私はこんな埃まみれの部屋で過ごしていたのかい」と驚いたちづ江は、掃除に精を出す。はたきとマスクを用意し、窓もカーテンも全開にし、春が近づく風の中でパタパタと家具も置物もはたいてやった。掃除機をかけ、ガラス戸を拭《ふ》き、畳《たたみ》に雑巾《ぞうきん》がけもした。

そうすると、室内に籠もっていた嫌な空気が全部出ていった気になった。窓辺で大きく深呼吸する。

どこからか梅の香り。春は確実に近づき、日々はとめどなく過ぎている。ちづ江は空を見上げた。

何だか外に出たくなって、通院と買い物が目的ではない外出が増えた。なんとなく近所を闊歩《かっぽ》し、自然の変化を見つける。

暮れゆく夕陽《ゆうひ》は昔と何ら変わりなく、しかし変わった街並みに、ほんの少し哀《あい》愁《しゅう》を誘われる。

帰宅すれば、少し開けたカーテンの隙間から受ける陽射しで、サンキャッチャーは光を降ろしていた。

キラキラとした虹色の光が、ちづ江の一人暮らしの部屋を、無言にただ、照らしている。

ある日、ちづ江は部屋の中でうたた寝をしていた。春眠《しゅんみん》暁《あかつき》を覚えず。しかもこんな、サンキャッチャーからの柔らかく綺麗な光を浴びていると、ちづ江の瞼は重くなり、うとうととまどろむのだ。春は近い。虹も近い。

そんな夢現《ゆめうつつ》の中で、ちづ江は夢を見た。まだ若き頃の、新婚時代の思い出の夢だった。

そう、ちづ江にも伴侶《はんりよ》となった男性がいた。想い合う人と結婚し、子を宿し、幸せな家庭を築こうと夢膨《ふく》らんだ時期があった。

けれどそれも、束の間のこと。産んだ子どもは息をしておらず、産声も聞かせずにこの世を去った。

なぜそうなったのか、当時の医学ではわからなかった。医師は「誠に残念なことです」と口にして、母子手帳にあった「死産」の文字を丸で囲った。その出来事は夫婦に亀裂をもたらし、離婚という道を選ばせることになる。

本来ならばこんな時にこそ、支え合うのが夫婦のかたちなのだろう。でもそれがちづ江と夫にはできなかった。

彼は去った。その後のことなど、ちづ江には知る由《よし》もない。

突然なくなった腹部の圧迫感《あっぱくかん》と温もりを、当時のちづ江は何度も何度も虚空《こくう》ごと抱きしめた。

ここにたしかにいて、鼓動を感じていたのに。

腕に抱いた我が子は、頼りないほどに軽く、心許《こころもと》なかった。

力を入れたら壊れるのではないかと怖くて、力いっぱい抱きしめられなかった。

男の子だった。少しだけ、夫に似ているような気もした。

もしあの瞼が開き、口を開けていたなら、声はあの助けた男の子のようにとても大きなものだったのだろうか。その小さな口から発せられるちづ江を呼ぶ声は、愛らしいものであったろうか――。

――ママ。

こんな声だろうか。

——ママ……ママ。

こんな笑顔だろうか。

差し出した両腕で、ちづ江は見たこともない成長した我が子を抱きしめた。
ごめんね——ごめんね——愛していたよ。愛しているよ。
虹色の光の中で、ちづ江は我が子を抱きしめ続けた。
それは五十年ぶりの抱擁《ほうよう》。
あの時込められなかった力で、ぎゅっとぎゅうっと、抱きしめた。

目を覚ます。
そこにはもちろん我が子はいない。

ただいつもの一人暮らしの室内で、サンキャッチャーの光が揺れていた。

いつもの市バスに乗り込んだちづ江は、その光景を見て目を細くした。

ほぼ満員の車内にて、以前見かけたあの若い女が立っている。これはいかん、と鼻を鳴らしてその女の目の前に立ち言った。

「妊婦なのに立っているなんて、けしからんね。ほいほい、座ってる誰でもいいから替わってやんな」

その言葉を聞いて、まわりの人間は驚いた。声をかけられた女は、なおのこと。

「はぁ……？」

ポカンとまぬけに口を開けている。

空気を読んだ女子高生が一人立った。つられてとなりのサラリーマンも立ち、二人分の空席ができた。妊婦の女とちづ江が座り、並んだ。

やや緊張した女のとなりで、ちづ江は前をただまっすぐ見て言う。

「何ヶ月だい」

「……七ヶ月です」

「そうかい。頑張んな」

それだけで会話は終わった。となりの女はしばしの無言のあと——「どうも」と小さく応えた。

ちづ江は目を閉じる。

瞼の裏に、虹色の光が残っている。

しかしそれも、窓から差し込んでくる春の陽射しで白くかき消えた。

光というものは瞼を閉じても、その存在を主張する。

まるで耳をつんざく子どもの泣き声のようだ。

でも、それも悪くない。悪くないねぇ——と、ちづ江は思う。

『発車します。ご注意ください』の機械的なアナウンスのあとに、

「揺れますので、気をつけて」

と、運転手のどこか明るい声。

バスは発車し、ちづ江の小さな体は、ゆらりと揺れた。

ケーキ職人だったおじいさん

michico

プロローグ

その日はクリスマスイブだった。

駅前には大きなツリーが飾られ、並木道にはイルミネーションが煌《きら》めいて、過ぎ行く人たちは瞳を輝かせてみんな幸せそうに笑っている。

きっと、世の中では一年中で一番幸せな日なのかもしれない。

だけど、私は独りぼっちで歩いていた。

本当はパパとママとレストランでお食事をするはずだった。クリスマスイブは日曜日だったたし、いつもは忙しいお仕事も休みだったから。

だけど、急にお仕事になっちゃった……。

仕方がないよね、パパは産婦人科のお医者さんでママは助産師さん。

自宅のある敷地内に病院はあるから、急な患者さんが来たらすぐに駆け付ける。

仕方がないって分かっているよ。

それでも楽しみにしていたから、やっぱりガッカリしちゃうの。

家に居ても独りぼっちだから出てきちゃったけど、それでもやっぱり独りぼっち……。

1　青いテント

イルミネーションが見えなくなるところまで歩くと、いつの間にか辺りが真っ暗で、大きな川の傍に砂利が敷き詰められている場所に立っていた。

そして、こんな冬に誰かキャンプでもしているのか、大きな青いテントが張ってあった。

私は興味津々でテントに近づくと、「すみませーん」と、入口の閉まっているテントに向かって声を掛けた。

「誰かいるんですか？」

「お嬢ちゃん、何か用かい？」

ふいに後ろから声がして、振り向くと少しボサボサの白髪頭《しらが》のおじいさんが立っていた。

おじいさんは汚れたコートを着ていたけど石鹸《せっけん》の香りがした。

「こんばんは。おじいさんがキャンプしているの？」

私が聞くと、おじいさんは目を細めて微笑んで「そうだよ」と頷いた。

「ここにはお風呂がないから、どこかで入ってきたのね？」

「そうだよ。教会に行くと貸してくれるんだ。それにクリスマスイブだから、こんなケーキまで貰《もら》ってきたんだ」

と、小さなケーキの箱を見せた。

「……いいなぁ」

私は家に帰ってもクリスマスのお料理も大好きなケーキもない。

だって、レストランで食べるはずだったから準備なんてされていない。

そう思うと、私は寂しくなって下を向いてしまった。

「おやおや、どうしたんだい？　キミは家にもっと大きなケーキがあるんじゃないかい？」

おじいさんが優しく笑ったけど、私は思いっきり首を横に振った。

「家には誰もいないの……」

「キミ、名前は何て言うのかな？　私は昭三《しょうぞう》じいさんと呼ばれている」

「私は友麻《ゆま》」

「じゃあ、友麻ちゃん。昭三じいさんのテントでケーキだけ食べていくかい？　ケーキを食べて帰る頃には、家の人も帰ってきているかもしれないよ」

「えっ？　このテントの中に入れてくれるの？」

私はキャンプをしたことがなかったから、テントに入ってみたかった。

中に入ると、昭三じいさんがランタンに火を灯した。空っぽだと思っていた青いテントの中は意外と物が沢山あった。

奥に山のようになっている荷物の上に毛布が掛かって目隠ししてあり、その横に沢山の本が並べてあった。そして、人が一人寝られるくらいのスペースだけ空いていた。

昭三じいさんはそのスペースに入口付近にあった木の箱を持ってきて裏返すと、小綺麗《こぎれい》な布を敷いてケーキの箱を置いた。箱の中からは砂糖菓子のサンタクロースと大きなイチゴがのったショートケーキが現れた。

「友麻ちゃん。メリークリスマス」

昭三じいさんはにっこり笑うとケーキがのったお皿を私の前に置いた。

「でも、これはおじいちゃんのケーキでしょう？」

「いいんだよ、可愛いお客さんにプレゼントしたいんだ」

赤い服と帽子《ぼうし》も白いおひげもなかったけど、にっこりと笑う昭三じいさんはまるでサンタクロースのように見えた。

「ありがとう、おじいちゃん」

「友麻ちゃんは何歳？」

「九歳よ」

「そうか。どうしてクリスマスなのに一人なの？」

昭三じいさんが哀しそうな顔でこちらを見ているから、つられて少し哀しくなった。

「あのね、家のお隣が病院でね。パパはお医者さんでママは助産師さんなの。だから、赤ちゃんが生まれそうだったり、患者さんが来たりしたら仕方がないの。看護師さんが時々見にきてくれるしね」

だけど寂しかった。

普段の日だって、家族三人集まって夕ごはんを食べられる日は少ない。病院の子だからお金持ちだねって言われるけど、家族三人で旅行をしたことだってない。

お出かけはいつもママと二人で、パパは約束していてもダメになったり途中で帰ったりする。

仕方がないのは分かっているの。

だけど、やっぱり寂しかった……。

「でも、時々誰かが様子を見に来てくれるんだろう？　こんな暗い時間に友麻ちゃんが家に居なかったら心配するね。食べたら途中まで送るから」

「うん、ありがとう」

私はケーキを口に運びながら、並んでいる本に目をやった。そこにはお料理やお菓子関係の本ばかり置いてあった。

「あの……やっぱり、ケーキ食べたかったんじゃないの？　おじいちゃん」

私が本の方をチラリと見ると、昭三じいさんは小さくフッと息を吐《は》いて笑った。

「昔は菓子職人だったんだ。今で言うパティシエだな。だから、美味《うま》いケーキは自分で作れるんだよ」

「そうなのね。でも、どうしてクリスマスなのにキャンプしているの？」

「……ずっとクリスマスにはケーキを焼いていたからね。仕事から離れたらケーキも人も嫌になって、一人でキャンプをしたくなったのさ」

昭三じいさんが寂しい目をしたから、私はそれ以上は何も聞かずに甘くて柔らかいケーキを口へ運んだ。


食べ終わると昭三じいさんは家の近くの大通りまで送ってくれた。

「ねえ、おじいちゃん。いつまであの河原でキャンプしているの？」

「そうだなあ。決めていないな」

「じゃあ、また遊びに行ってもいい？　どうせ冬休みはお友達も忙しくて遊べないし、パパとママは病院に呼ばれちゃうだろうし」

「……ああ、お家《うち》の人が心配しない時間だったらいいよ」

遊びに行ける場所ができた。しかも、こんな優しいおじいちゃんが待っていてくれるんだ。

「ありがとう、おじいちゃん。また来るね！」

私は笑顔で手を振ると駆け足で家に帰った。

2 大晦日《おおみそか》の夜

私はそれから、毎日のように河原に通った。

お昼ごはんを食べると昭三じいさんに会いに河原へ行き、私が帰る夕方になると昭三じいさんは一緒に大通りまで出て、その足でお風呂を借りに教会へ行っていた。

私の楽しみはお菓子の本を見ながら昭三じいさんの話を聞くことだった。

昭三じいさんはパリでケーキ作りの修業をして、日本に帰ってきたという昔話をしてくれた。

「じゃあ、日本でもケーキ屋さんで働いていたの？」

「ああ、仲間と一緒に店を営んでいたよ」

昭三じいさんが本と一緒に並べてある、古いアルバムを出して見せてくれた。

当時のお店の写真があった。まだ髪が黒くて皺《しわ》が少ない昭三じいさんと、もう一人背の高い男の人が白いコックさんのような格好で笑ってトロフィーを持っていた。

「これはこのケーキで賞を獲《と》ったんだ」

昭三じいさんが指差したのはイチゴのショートケーキの写真だった。

写真では普通のショートケーキに見えるけど、きっと特別美味《おい》しいケーキなんだろう。

そう思うと少しワクワクした。

写真では味が分からない。

この写真のケーキがどんな味なのか、作って食べてみないと分からない。そこに不思議な魅力を感じた。

「ケーキを作るって楽しそうだね」

「そうだね。それに、ケーキを買いにくる人の幸せそうな顔を見るのがまた嬉しいんだよ」

「うん、ケーキを選ぶ時ってすごく幸せ！」

私はケーキの本から目を離して昭三じいさんの顔を見ると、昭三じいさんも嬉しそうに頷いていた。

「友麻ちゃんが選んだケーキを食べられたら幸せになれそうだ」

結局、パパもママも年末までずっと忙しかったけど、大晦日の夜には久しぶりに三人で食卓を囲むことができた。

「友麻は毎日どこかに出かけているようだけど、どこに行っているの？」

ママがニコニコ笑いながらも、心配そうな目をしていた。

「今日も出かけていたでしょう？　自分の部屋の片づけと大掃除は終わっているの？」

「終わっているよ。窓だってシーリングライトだってきちんと言われたように拭《ふ》いたよ」

ママは少し口煩《くちうるさ》い。だけど、きちんとやることをやっていれば、いつも満足そうにしているから、言われたことは忘れずにやることにしていた。

「そう、ならいいけど。それで、誰と遊んでいるの？」

別に内緒にするつもりはなかったけど、知らないおじいさんのところに行っているなんて言ったら、パパもママもビックリするだろうと思った。

「河原の方で新しいお友達ができたの」

嘘は言いたくなくてぼやかした。パパもママも少し気になるのか、心配そうにこちらを見たけど、私が「それより、冬休みの宿題はあと書初めだけなんだよ」と話を逸《そ》らしたら、それ以上何も言わなかった。

「今日はみんなで紅白見て、新しい年を迎えられるんでしょう?」

こんな年越しは覚えている限りでは初めてかもしれない。私はとっても浮かれていた。

「そうだな、友麻が寝なければ三人で年越しできるな」

そんな話をしていたばかりなのに、リビングに移ってソファでパパと並んで紅白を見ている時に、パパの携帯が鳴った。

「……分かった、すぐに向かおう」

患者さんが来るんだ……そう思った。

少しの間ママに何かを囁《ささや》いてから、申し訳なさそうにこちらを見たパパは言い難《にく》そうに口を開いた。

「ごめんな、友麻。パパは……」

「いいよ、お仕事だもんね」

私は作り笑いをしてパパの言葉を遮《さえぎ》った。

「今日はママと二人で紅白見るから」

親子三人で、それが叶うと思った途端にいつもこうだ。期待しなければいいのかな……。

「ごめんな、友麻……。ママも行かなければいけないんだ……。日勤のスタッフが帰ってしまったから、人がいなくて……」

「えっ……？」

ガッカリしているところに追い打ちをかけられて、私の目から涙が溢れた。

「だって、クリスマスもそうだったよ」

「友麻」

ママが厳しい口調で私の肩を摑んだ。

「お父さんはね、これからお腹の中で育ち過ぎた赤ちゃんを取り上げる手術をするかもしれないの。そういう時に友麻を心配するようなことがあったら大変なのよ。分かるでしょう?」

知っているよ、パパが人の命に関わるお仕事をしていることも、好きで約束を破るわけじゃないことも。

だけど、どうしていつも私ばかりが我慢しなければいけないの?

でも、そう言って困らせてはいけないのも知っている……。

「分かる。わがまま言ってごめんなさい」

私は謝るしかないの。何も悪いことなんてしてないのに。それでも、笑って安心させないといけないから笑顔を見せた。

3　お年玉で

パパとママが病院へ行くと、私は走って河原の青いテントまで行った。

「友麻ちゃんか?　こんな時間に来ちゃいかんだろう」

「だって家に誰もいないもん。パパもママも病院に行っちゃった」

私がテントの前で泣き出したから、昭三じいさんは驚いたようですぐにテントの中へ入れてくれた。

「そうか、赤ちゃんは待ってくれないからな」

もしもママに同じ言葉を言われたら反発するけど、なぜか昭三じいさんの言葉はすんなりと心の中に届いた。

うん、赤ちゃんはこちらの都合には合わせてくれない……。

「おじいちゃん、一緒に新年を迎えたくて来たの。独りぼっちで迎えるのは寂しい」

「……そうだね。じゃあ、一緒に教会へ行こうか。昭三じいさんは教会で新年を迎えるつもりだったんだ」

いつも昭三じいさんがお風呂を借りている教会は大通りの裏手にあった。

年末年始のイベントでもあるのかと思ったら、教会の神父さんと昭三じいさんは友達らしく、教会の奥にある小さな部屋に通された。

昭三じいさんと神父さんの前に、深い紫色のワインをグラスに注がれたところまで見ていたのだけど、その後は眠ってしまったようで、気が付いたらソファの上で目が覚めた。

「おじいちゃん、もう新年になっちゃった？」

とっても眠い目をこすりながら窓の外を見ると、まだ外は真っ暗だった。

「そうだね。あけましておめでとう、友麻ちゃん」

いつもの優しい笑顔で私の傍に来ると、昭三じいさんはポケットから手毬《てまり》の絵がついたお年玉のポチ袋を取り出した。

私は受け取っていいのか、迷いながら昭三じいさんを見上げた。

「昭三じいさんには子どもも孫もいないから、お年玉を渡せるなんて嬉しいんだよ」

本当に嬉しそうな昭三じいさんの笑顔を見て、私も嬉しくなって頷いた。

「いいこと思いついた！　今日は昭三じいさんのためにケーキを選んで買ってきてあげる！」

私の言葉に昭三じいさんもニコニコと頷いた。薄《う》っすらとその目に涙が浮かんだのが見えた。

「どうしたの？　おじいちゃん」

「……いや、友麻ちゃんの優しい気持ちが嬉しいんだよ」

喜んでくれたのだろうか？　寂しそうにも見えるけど。

「じゃあ、いつも通り、お昼過ぎに河原でな」

昭三じいさんはそう言うと、裏口から出ていった。

後を追おうとすると、神父さんに止められた。

「友麻ちゃんはお迎えが来ているよ」

教会の方へ連れていかれると、そこにはイライラした表情のママがいた。

「友麻！　こんな時間に何をしているの？」

「ママ……どうして？」

「あなた、河原にいるホームレスの所に行っているって本当なの？　患者さんで見かけたって人がいるのよ。今だってそのホームレスと……」

ママがヒステリックに私の肩を摑んで責め立てるように大きな声を出した。

「ホームレス？　おじいちゃんは……ケーキ屋さんをやっていたの！」

「パティシエの宮崎《みやざき》昭三でしょう？　有名よ。事業に失敗して、共同経営者に裏切られて借金を背負わされて姿をくらましたって。あの河原にいるホームレスがそうじゃないかってこの辺じゃ噂《うわさ》になっていたのよ。友麻、あの人のテントに入ったの？　何もされていないの？」

昭三じいさんはそんな有名な人だったの……？

でも、ホームレス？　いつもお風呂に入って綺麗だったし、ただキャンプをしているだけだって言っていた……。

ううん、本当にお家がなかったのかもしれない。キャンプにしてはテントの中の荷物が多かったし……だけど、だからって……。

私の頭の中には優しい昭三じいさんの笑顔が浮かんだ。

「どうしたの？　言えないの？　何か変なことされたの？　だったら警察に通報してやるわ！」

警察⁉

驚いた私は、ヒステリックに顔を近づけてくるママの胸を思いっきり押した。

「ママはなんにも分かってない！」

よろけたママは目を丸くしてビックリした表情で私を見た。

「お正月はパパとママと三人で迎えようねって、あんなに言っていたのに、二人とも電話一本で行っちゃったじゃない。だから、おじいちゃんの所に行ったの。クリスマスの時も、優しく笑ってケーキをくれたの。自分の分のケーキなのに、私にくれたの！」

「友麻、クリスマスも……」

「だって、街中が幸せそうなクリスマスの日に、私は独りぼっちだったんだよ。だけど、おじいちゃんがテントの中に入れてくれたから、ケーキをくれたから、ニコニコ笑ってくれたから、寂しくなかった」

私の目から涙が零《こぼ》れ落ちていった。それでも、ママはまだ目を吊り上げて怒っているように見えた。

「な、何もあんなホームレスの所に……」

「あんなホームレスなんかじゃない！　おじいちゃんは美味しいケーキを作って賞も貰ったことがあるんだよ。写真では分からないような、ワクワクするような味を作れるの。そんな楽しいお話を沢山してくれた」

腕で涙を何度も拭くけど、次から次へと流れていく。

「ママは一緒にごはんを食べる時だって、いつも私の行動チェックばっかりして、たまに顔を合わせたって楽しいお話なんてしてくれないじゃない！　おじいちゃんと一緒にいると楽しかったよ。ママが考える変なことって何？　とっても優しいおじいちゃんなんだよ」

ママの顔を見ると、さっきまでの怒りの表情が消えて、困ったような哀しいような顔になっていた。

「おじいちゃんはね、クリスマスイブの日からずっと、パパとママが忙しいから一緒に過ごしてくれたんだよ。警察に言いつけるなんておかしいよ！」

あの優しい昭三じいさんを悪者にしないで。

独りぼっちだった私の心を温かくしてくれたのに……。

「お母さん」

神父さんがママに近づいた。

「宮崎昭三は私の昔からの友人です。人柄は保証できます。そして、ここに友麻ちゃんを連れてきて、親御《おやご》さんに連絡するようにしたのも彼です。おかしな誤解だけはしないでいただきたい」

「そ……そうですか……」

ママはバツが悪そうに口籠《くちごも》っていたけど、また、いつもの勝気な目つきになって神父さんを見た。

「でも、娘を持つ親としては当然の心配です」

そう言って軽く頭を下げると、黙ったまま私の手を引いて教会を後にした。

家に帰っても、ママは口をきかなかった。私の方からも話しかけるつもりもなかったから、そのまま二階の自分の部屋へ行った。

それでも、お昼が終わったらいつも通り病院へ行ったから、私は昭三じいさんに貰ったお年玉を持ってケーキ屋さんに向かった。

元日《がんじつ》から開いていたのは、この辺りで一番大きなケーキ屋さんだった。

ショーウィンドウには定番のショートケーキやモンブラン、フルーツののったタルトや桜色のクリームが飾られたケーキ、チョコレートのケーキは何種類もあるし、美味しそうというよりその綺麗な見た目に目移りしてしまった。

悩んだ末に買ったのは、イチゴののったショートケーキ。昭三じいさんがくれた手毬の描かれたポチ袋の中から千円札を出して支払った。

昭三じいさんが賞を獲ったケーキとは、どう味が違うのか教えてもらおう、そんなことを思いながら私は河原に向かった。

エピローグ

河原のいつもの場所に昭三じいさんのテントは見当たらず、テントの中にあったケーキの本が一冊置いてあった。本を開くと、白い紙が落ちた。

折り畳《たた》んであったその紙には斜めに傾いた細長い文字で、「友麻ちゃんへ」と書かれていた。

『友麻ちゃん
ケーキを買ってここに来ていてくれたらごめんなさい。

昭三じいさんは今はテント生活で、髪の毛もボサボサできれいな洋服も着ていない、みすぼらしいおじいさんです。

だから、友麻ちゃんのママに心配かけてしまうのは仕方がないことなのです。

だけど、こんなおじいさんの所に遊びにきてくれて、ケーキの話に目を輝かせてくれた友麻ちゃんと一緒にいたら、もう一度ケーキを作って友麻ちゃんのようなお客さんに食べて欲しいと思うようになりました。

今すぐには無理だし、もうおじいさんだから、そんなに長い時間もかけられません。

友麻ちゃんが小学生のうちに、この近所にケーキ屋さんを出したいと思っています。

だから、新しいケーキ屋さんができたら気にしていて下さい。

必ず、また会いましょう。

昭三じいさんより』

その日から、昭三じいさんに会うことはなかった。

あの教会の神父さんも行き先を知らなかった。

私はそれから新しいケーキ屋さんができないか、心待ちにするようになった。

きっとまた会える。あの優しい目をした昭三じいさんに。

それで、今度こそお年玉で買いにいくからね。昭三じいさんの作ったケーキを！

思い出は湯気に包まれて

七々扇七緒

生命力溢れる龍のように力強く、空高く伸びた一本の煙突《えんとつ》から絶えずふき出る白い煙が雲と交わって見える。茜《あかね》色に染まった秋空を見上げていると、二人分の足音が近付いてくることに気が付いた。

「唯子《ゆいこ》お待たせー。待った？」

二人の到着を心待ちにしていた私は、母の言葉に返事をするよりも先に暖簾《のれん》をくぐって、横開きの扉をガラリと開けた。扉の先に広がる風景は時が止まっているかのように、私が幼い頃から全く変わっていない。

下足札の数字が剝げている色褪《いろあ》せた下駄箱、コーヒー牛乳とフルーツ牛乳が入っている小さな冷蔵庫、壁に貼ってある昭和レトロなポスター。

入口まで漂う薬湯の懐かしい香りを身体《からだ》中で感じていると、全く返答しない私に呆《あき》れたように母が呟《つぶや》いた。

「去年は色々バタバタしていたから、二年ぶりかねぇ？　女三人でここに来るのは。唯子の小さい頃から、よくお婆ちゃんと三人でここへ来ていたからね」

履《は》いていたスニーカーを下駄箱に入れて、かろうじて数字が分かる下足札を取って振り返った。

「そうだね、二年ぶりだね。前来た時から二年経ったのに……ここで変わったことと言ったら、番台に座っている人が違うことくらいだね」

「そうだねぇ。前いたお婆ちゃんも、腰を悪くして引退したみたいだからね」

番台に座っている二十代後半位の女性に三人分の入湯料を支払う。彼女の笑った表情が、以前ここに座っていたお婆ちゃんの目元によく似ていた。

＊＊＊

「ねぇねぇ、ばぁば。ばぁばのせなかは、何でそんなにツルツルなの？」

「はっはっは、それはね。唯子がいつも、背中を綺麗に流してくれるからだよ」

「ほら唯子、お洋服一人で脱げるようになったところをバーバに見せるんでしょ？」

「あ、そうだった。ばぁば、唯子ね、もう一人でできるんだよ」

体重計に何度も乗っては肩を落とす女性もいれば、引き締まった肉体美を周囲に見せるように堂々と衣服を脱ぐ女性もいる賑《にぎ》やかな脱衣所で、トレーナーから丸いお腹を覗かせた唯子。

「あーら、上手だね。唯子はもう一人前だね」

「いちにんまえ？」

「バーバが、唯子が一人で脱げて上手だねって褒めてるんだよ。上手にできたから、今日も唯子が真ん中で背中を流し合いっこしようか！」

「やった！　唯子がまんなか！」

籠《かご》に入れた衣服の上に白いバスタオルをのせ、フェイスタオルを持って湯気の立ち込める方へ向かった三人——脱衣所と浴室を仕切っている扉をガラリと開けると、薬湯の独特な香りが鼻の奥を擽《くすぐ》った。

湯の温度を指で確かめ、シャワーで身体をさっと包み込んでから、プラスチック製の黄色い風呂椅子に座る。

「唯子は本当に真ん中が好きだねぇ。ババの背中を流している時に、お母さんに洗って貰《もら》えるから?」

「うん、そう!」

「そうかい、そうかい。じゃ今日も頭を洗った後、背中を綺麗にして貰おうかねぇ」

「うん!」

髪の毛を濡らした後、備え付けのシャンプーを手の平に広げる。湯を少しだけシャンプーに混ぜた後、ホイップクリームのような泡を頭の上にのせる。

「シャンプーを泡立てるのも上手になったねぇ。よし今日は、ババが髪の毛洗ってあげるからね。唯子は目を瞑《つむ》って、耳を塞《ふさ》いでいてね」

皺《しわ》だらけなゴツゴツした指先で力強く頭を揉みこむと、さらに頭の上が白い泡でいっぱいになる。

「ばぁば、アワでツノやって!」

「はいはい。今日は、大きな角ができそうだよ」

重力に逆らうように、頭の上で泡を円錐《えんすい》形に形作っていく。鏡ででき上がった角を見ようと目を少し開けると、いつも目の中に泡が入って沁《し》みていた。

髪の毛をすすいだ後、化粧落としで顔を洗っている大人を真似するように唯子も湯で顔を洗う。そこまで終えると、フェイスタオルにボディソープをつけてクシュクシュと泡立てる。椅子の向きを変えて、走り出した列車のように同じ方へ顔を向けた三人。

「よし、唯子。ババの背中を流しておくれ」

背中までの距離が少し遠く、唯子はもう一度椅子の位置を調整する。位置が定まると腰を下ろし、泡でいっぱいになったタオルで宝石を磨《みが》くように丁寧《ていねい》に洗っていく。

「ばぁば、きもちいい？」

「唯子は本当に、背中を洗うのが上手だねぇ。ババは幸せだよ」

得意気な表情の唯子の背中も、同時に磨かれていく。

「バーバ、気持ちいいってさ。良かったね、唯子。次はお母さんの背中も磨いてね」

「うん！」

二人の背中が泡で包まれると、次は反対方向へ体勢を変える。唯子は再び、ボディソープをつけたフェイスタオルを揉んで泡立てた。

「じゃ、ババは唯子の背中を磨くよー。二回も磨いて貰えるなんて、真ん中の特権だねぇ」

「特権」の意味が分からなかった唯子は、返事をしないまま母の背中を懸命に磨いていた。

「唯子は、みんなで入るお風呂好きかい？」

「うん、すき！」

「どうして好きなんだい？」

「うーん……ばぁばと、おかあさんといっしょだから楽しい！」

背後から問われた質問に対し、唯子は手を大きく動かしながら答えた。

「そうかい、そうかい……その気持ち、忘れちゃいかんよ。家族で背中を流し合ったこと、家族一緒に身体の芯まで温まること——いずれこの銭湯もなくなってしまうかもしれないけど、唯子の記憶の中にはいつまでもこの思い出を残しておくんだよ。思い出は一生なくなったりしない財産なんだから。そしていつか、唯子も同じことを自分の子供にしてあげる日がくればいいねぇ……背中を流し合えば、家族の絆《きずな》も深まるものさ」

言葉の意味が分からない唯子は、母の背中を洗っていた手を止めて首を傾《かし》げていた。

「もう、お母さん！　唯子にそんなこと言っても、まだ理解できるわけないでしょ！　はーい唯子ちゃん、またお母さんの背中を洗ってね」

「何だい、別に思ったことを言っただけだい。いいじゃないかい。ねー、唯子」

＊＊＊

幼い頃母の背中を流し、祖母に背中を磨かれている時――不思議と「背中を流し合うことは、良いことなんだ」とだけ感じた記憶がある。私が今でも頻繁《ひんぱん》に銭湯へ通う理由は、きっと祖母の言葉が頭に刻み込まれているからだ。

脱衣所へ続く、臙脂《えんじ》色の暖簾をくぐった唯子。幼い頃に比べれば、随分《ずいぶん》人が減って少し寂しい。そして脱衣所の壁に貼られている、今月で閉店することを告げている手書きのポスターを見る度に、切なさで胸が締め付けられる。

人が二、三人いる脱衣所をぼうっと懐かしむように見渡していると、暖簾の方から足音と声が聞こえてきた。

「唯子ー、ちょっと速いわよ。ねぇ、優子《ゆうこ》ちゃん？　お母さん、一人で先に行っちゃうんだもんね」

母と娘の優子が、手を繫《つな》ぎながら脱衣所に入ってきた。幼い頃「私・母・祖母」で来ていたこの銭湯もいつの間にか、「私・母・娘」で来るように変化した。

二年前――入院生活を送っていた祖母が他界した。大好きな祖母を合わせて、女四人で背中を流し合う願いが叶わなくなってしまったことが未《いま》だ悔《く》やまれる。

「ねぇねぇ、ゆうこ、まんなかがいい！」

「はいはいー。優子ちゃん、滑らないようにババと手を繫ぎましょうね。本当に唯子にそっくりね、真ん中が好きなところ」

「当たり前だよ、私の娘だもん」

あの懐かしい薬湯の香りに包まれながら、年季の入った椅子に腰を下ろす。優子が中央に座ることになってから、昔祖母が座っていた右側が私の定位置となった。祖母の言葉を思い巡らせながら、泡立てたシャンプーで頭を洗う。目を閉じていると私を抱き締めるように、沢山の思い出を包み込んだ湯気が身体に触れてくる。

この銭湯はなくなってしまうけれど、祖母が言ったように思い出は一生なくならない。このペンキの剝がれた銭湯絵も、少し錆《さ》びた配管も、欠けたタイルも――この銭湯で見てきた全てが私の脳裏に焼き付いている。近所のオバサンと会話が盛り上がってのぼせてしまったことや、偶然好きだったクラスの男子と鉢合わせになったことも良い思い出だ。

髪をすすいだ後は、化粧をクレンジングで落とす。気持ちは子供のままなのに、私もいつの間にか大人になっていた。

「おかあさん！　せなか！　せなか！」

優子が急《せ》かすように、私と母を交互に見つめている。

「はいはい」

フェイスタオルにボディソープをつけて、クシュクシュと泡立てる。列車の先頭車両になるように、椅子の向きを変えて優子に背を向けた。

「はーい、ババは優子ちゃんの背中を磨くからね」

「うん！　ゆうこはおかあさんの！」

背中を磨かれている心地良さを味わいながら、手持ち無沙汰な私はただ前を見ていた。懐かしさに浸《ひた》っていたせいか、無意識に泡のついたフェイスタオルを持って前方へ手を伸ばす。

その時——一瞬だけ白い湯気の向こう側に、祖母の綺麗な背中が見えたような気がした。

うちの父娘《おやこ》

イム＊

うちの庭には桜の木が植えてある。背丈は二メートルほどの小さな桜。春になるとポツリポツリと花を咲かせる。

父と二人暮らしには広すぎる三階建ての一軒家。一階はキッチンとリビングダイニング、二階は水回りに父の寝室と一部屋丸ごと洗濯物干し場。三階が私の部屋と空き部屋。恐らくもう二人か三人は住めるだろう。両親が結婚を機にこの家を購入した時には、これから増えていく家族のことを思っていたんだと思う。

母が死んだのは私が生まれて数日後のことだった。健康が自慢の母のまさかの急死。父はその時の記憶がほとんどないという。母の葬儀の時はずっと私を抱いたままロボットみたいに淡々《たんたん》と喪主《もしゅ》を務めていたらしい。

それからしばらくは母の実家に住んでいた。日中は祖母に見てもらい、父は仕事から帰ったらずっと私につきっきりだったそうだ。夜泣きする私を父はごめんな、ごめんなと言ってあやしていたと祖母から聞いた。なんで謝っていたんだろうと祖母に聞いたら、きっとお母さんがいないからよと泣いた。

物心ついた頃にこの家に帰ってきた。古かった母の実家とは違い、白い壁とどこまでも続く階段が、まるでお城のようだった。あの頃はまだ小さかったから。でも保育園に通う頃はただ寝に帰る家だった。私を保育園へ預け、迎えは祖母が行い、父が帰ってくるまで実家で過ごす。祖父母が協力してくれなかったら、きっと苦しい生活だったんだろう。

小学校の頃も似たようなものだった。しかし色んな知識が身に付いてきて、だんだん自分の家が嫌いになった。必要最低限の家具や家電しかなく、殺風景。無駄に広くて寒くて、庭には一本の小さな桜の木と、生前母が手掛けていた植木鉢が枯れたまま並んでいる。

それに比べて祖母の家には物珍しいものが沢山あった。季節ごとに変える食器やインテリア。刺繍《ししゅう》や編み物に端切《はぎ》れで作ったパッチワークのカバー。庭には沢山の花が植えられており、少女の心をくすぐるものが多かった。

休日は祖父母と出かけることが多く、すっかりおばあちゃん子になった私にとって父は「家にあまりいない人」「仕事をしている人」だった。

私たち親子の様子を見かねた祖母は、私たちに交換日記を始めるように勧《すす》めた。変哲もないノートを渡され最初は私の番。当時学校ではポケモンが流行《はや》っていた。男子だけではなく女子の間でも話題になっており、私も欲しかった。父が財布を握っているのは知っている。

『ニンテンドーＤＳとポケモンのソフトが欲しいです。』

ただ、それだけを書いて寝た。翌日起きると枕元にノートが置いてあった。早速開いてみると続きにこう書いてあった。

『こんばんは、お父さんです。学校は楽しいですか？　にんじんは食べられるようになりましたか？　さて、ポケモンの件ですが、お父さんが知るポケモンはゲームボーイのソフトです。ニンテンドーＤＳは知りません。どうして欲しいのか理由を教えてください。』

その横には下手くそなピカチュウが描いてあった。私は驚いた。ゲームひとつで難題を押し付けられた。欲しいから欲しいんじゃん。

馬鹿馬鹿しくなって数日間ノートをほったらかしにした。しかし学校ではやはりポケモン話でもちきり。かろうじてアニメでついていけるがそろそろ限界。仕方なくノートを手に取り祖母の元へ行った。父が納得するような内容を書くためだ。

『お父さんこんにちは。にんじんはずっと食べてます。学校はポケモンの話についていけず少し楽しくないです。』

それだけだと押しが弱いと祖母が言うのでさらに書き足した。

『私がなぜゲームが欲しいかというと、自分のポケモンが欲しいからです。お父さんの知っているポケモンと比べて種類がたくさん増えました。かわいいポケモンもたくさんいます。私だけのポケモンが欲しいのです。よろしくお願いします。』

これで完璧だ、と祖母と顔を見合わせた。明日の朝が楽しみだった。

その日はなかなか寝付けず、父が帰宅するまで起きていた。様子を見にきた父に気づかれないようたぬき寝入りをした。数十分後再び父が来てノートを置いていった。

　すぐにでも電気をつけて確認したかったけど、ばれてしまうと恥ずかしいので朝を待った。

　翌朝、私の期待は裏切られた。

『こんばんは。おばあちゃんから聞きました。にんじんをポテトサラダに入れるようになって食べられるようになったそうですね。

　さて、あなたの熱意はわかりました。お父さんも昔とある漫画の話題でついていけず、苦労したのを思い出しました。ポケモンについては前向きに考えましょう。

　しかしここで問題があります。ゲームをする時間が増えるということは勉強をする時間が減ってしまいます。それについての解決策を述べなさい。』

　そこにはまた下手くそなピカチュウが添えてあった。

　面倒くさい。けどあと一歩のところまで来たのだ。ここでまた祖母に力を借りた。

『こんにちは。宿題は家に帰ってすぐにしています。おばあちゃんが商人です。ゲームの時間は宿題が終わってから一時間にします。そのあとはおばあちゃんのお手伝いもします。よろしくお願いいたします。』

祖母に相談したせいで不本意な一文を入れる羽目になったがこれで完璧だろう。父の反応を待った。

『こんばんは。おばあちゃんから宿題について確認が取れました。わかりました。次の日曜日に買いに行きましょう。

ところで字の間違いがありました。商人ではなく証人です。これからはわからない字があったら辞書で調べましょう。あなたのご活躍《かつやく》をお祈りしています。』

そこには笑顔の、下手くそなピカチュウがいた。誤字については失敗したが日曜日には念願のポケモンが手に入る。私は素直に喜んだ。


その後も交換日記は続いた。学校のことや会社のこと、友達とのやり取りや面倒な後輩のこと。

欲しいものがあればポケモンの時と同様のやり取りをした。さすがにコツをつかんだ私はポイントを押さえながら書けるようになった。

これは父の思惑なのかもしれないが、書いているうちに本当に欲しいのかどうか見極められるようになった。衝動的に欲しいと思ったものほど理由が思い浮かばず、本当に欲しいものは手に入った後も長く大事に使った。

中学校に上がると私は自分の家で過ごすことが増えた。周りは反抗期で親の愚痴《ぐち》ばかり言っていた。

私はどちらかというとお節介《せっかい》な祖父母をうっとうしく思った。交換日記にそれを書くと父は諌《いさ》めながらもこう書いてきた。

『お父さんも広島のおじいちゃんが大嫌いな時期がありました。でもそれはお父さんが大人に近づくにつれて出来ることが増えてうっとうしくなったからだと今は思います。

決して忘れてはいけないのは、おじいちゃんもおばあちゃんもあなたの為を思って言っているということ。二人ともあなたの何倍も、それに今よりもっと大変な時代を生きてきました。だから色々と言いたくなるのでしょう。

でも無視をしたり黙っていてもあなたのイライラは晴れません。あなたの思いを二人にきちんと伝えましょう。言いにくければこういう風に文字にして伝えてみてはどうでしょう。そうすればあなたがもう子供じゃないということが伝わって、二人も変わるのではないでしょうか。』

私と父の関係は不思議なものだった。会うのは朝の数十分と私が勉強で遅くまで起きている時くらい。祖母からある程度家事を習ったのと、お惣菜《そうざい》を分けてもらったりしているので私たちの生活は滞《とどこお》りなく送られた。

私は庭の手入れを始めた。これも祖母に教えてもらった。古い土は天日干しにして新しい土を混ぜた。埃《ほこり》だらけになった鉢もきれいに洗い、ホームセンターで多年草を買って庭に並べた。桜の木は毎年父が消毒したりしていたが、剪定《せんてい》するのは忍びないということでのびのび育っていた。

この桜は母が妊娠中に植えたものだ。それも交換日記に書いてあった。

『お母さんは花が大好きでした。庭付きの家にしたのもそれが理由です。しかし私は花に対して無頓着でお母さんの花を枯らしてしまい、下手に手を出すのはやめました。あなたがこうして手入れをしているのを見るとお母さんを思い出します。おばあちゃんからお母さんに伝わったように、あなたにも伝わっているのですね。』

私は母を知らない。でもこうして草花と触れることで母を感じた。

ある日曜日、私はいつも通り一通りの家事を終え、庭の掃除をしていた。父もいつも通り昼前になって起きてきた。パジャマ姿のまま自分でコーヒーを淹《い》れ、テレビのチャンネルで遊ぶ。

「また桜伸びた？」

珍しく私に声をかけた。

「うん、下の方に新しい枝が伸びてる。不格好だから切りたいんだけど」

「その桜も十八年か」

父はぼんやりと桜を眺めていた。

私はこの春大学進学でこの家を出る。多分咲く時期にはもういないと思う。

「桜もお前も、しっかり育ってくれたなあ」

そう言うと父はいつものように横になった。

『こんばんは。明日であなたと過ごすのも最後ですね。受験勉強、本当にお疲れさまでした。重々承知とは思いますが、合格がゴールではありません。今日まで過ごした日々はもちろん、これから出会う様々なものがあなたという人間を磨き上げていくことでしょう。

あなたは私の自慢の娘です。あなたのことを私は大変誇りに思っています。

しかしながら、私の中で一つの後悔があります。私はきちんとあなたのお父さんでいられたかどうか。

交換日記の内容を読み返すと、自分で笑ってしまうのです。一丁前のことを言っているけど、あなたと過ごす時間は少なかった。

おじいちゃんとおばあちゃんの手助けに甘えてしまっているのに、こんなことを言えた立場なのかと。きっと二人の方があなたのことをよく知っていることでしょう。

しかしこれを通じてあなたの成長や変化を感じ取ることができました。それは大変嬉しいことで仕事に対する励《はげ》みにもなりました。

ありがとう。

そして、勝手なことばかり言ってごめんなさい。

今日でこの交換日記も最後ですね。楽しみが減ってしまってさみしいので、あなたが使わなくなったニンテンドーDSを貸していただけないでしょうか？　私も昔ははまっていました。あなたが夢中になっている姿を見てうらやましくなったのです。私からの最後のお願いです。

いや、本当の最後のお願いは、あなたが幸せに健やかに過ごしていくことです。いつでもあなたのことを大切に思っています。』

そこには躍動感《やくどうかん》のある元気いっぱいのピカチュウが描かれていた。毎回必ず添えてあり、何年も描き続けて、今はすっかり上手になった。

私もそんな父の成長を目の当たりにしていた。これが他ならぬ、父が私の父である証拠だ。

「ねえ、お父さん。ケータイ貸して」

「ん？」

「私のメアド入れといてあげる。ショートメールと違って長い文章送れるから」

家を出て数日後、父からのメールが届いた。

『メエルから始めまして今日桜が咲きましたのでお知らせします携帯電話で写真は取れたのですが送り方が分かりません明日お店で聞いてきます。』

誤字の目立つメールだった。辞書を引けとは言わない。父の不器用さの指標がピカチュウからメールに変わった。

『こんばんは。大学の桜も満開でとても綺麗です。お父さんからのメール、楽しみにしています。』

パパと私の「魔法書《グリモワール》」

砂たこ

―1―

デニム生地《きじ》のカバーに包まれたA5サイズのノートを開く。どのページも、薄く伸ばしたシロップに浸《ひた》されたみたいに、淡《あわ》く黄ばんでいる。

『ピアニストになる』

私は人差し指の腹で、青く色褪《いろあ》せたインクの文字を、そっとなぞる。

全百ページ、ノートにしてはやや厚く、人目には、ハードカバーの書籍と認識されるに違いない。

カバーを掛けたのには、理由がある。

これは、ただのノートではない。この世にたった一冊の「魔法書《グリモワール》」なのだ。

私のパパは、魔法使いだった。

——というのは、過去の話。私が十四歳までのことだ。

パパは、長距離トラックのドライバーだった。

人々の生活を支える仕事、と言えば聞こえは良いが、大手物流企業の下請けの下請け——孫請けの零細《れいさい》運送会社の平社員だ。

暦《こよみ》上の日曜日も祝日もなく、昼夜を通して国道と高速道路を縦横無尽に繋《つな》いで走る。睡眠時間を削ってでも、引受倉庫から配送センターまで、決められた時刻までに届けなければならない。パパの会社は、現在《いま》なら間違いなく『ブラック企業』の烙印《らくいん》を捺《お》されることだろう。

休日が不規則で、家族とゆっくり過ごすことが出来ないパパだったが、私は大好きだった。

幼稚園のお遊戯会にも、運動会にも来られないし、クリスマスやゴールデンウィークも一緒に過ごした記憶がない。

それでも時たま、幼稚園から帰ってパパが眠っていると知るや、着替えもそこそこにベッドに飛び込んだ。

目覚めたパパはとびきりの笑顔になり、私を抱き締めて沢山キスをした。

「おひげ、くすぐったいよう」

「ああ、すまんすまん」

キャアキャア笑いながら抗議するも、パパは無精髭《ぶしようひげ》の生えた顔で頬擦《ほおず》りしてくる。

そうして、会えなかった時間を埋めるように、一頻《ひとしき》りスキンシップを済ますと、幼稚園での様子や、ママとの普段のやりとりなんかを飽きもせずに聞いてくれた。

「真実《まみ》、クローゼットを開けてごらん」

「うん」

パパが示した扉をヨイショと開くと――。

「うわあ！　クマさんっ！」

赤いリボンを首に緩く結んだ巨大なクマのぬいぐるみが、両親のスーツに凭《もた》れてお座りしていた。

私は、自分の身長ほどもあるクマを抱きかかえると、パパを振り返る。

「パパッ！　何で？　真実がクマさん欲しいって、何で分かったの⁉」

アユミちゃんが五歳の誕生日に買ってもらったと自慢していた、大きなクマのぬいぐるみ。それよりも、もっともっと大きくてフワフワだ。

クマさんをひきずりながら、パパの元へ戻る。ベッドに起き上がったパパは、私の頭をクシャクシャと撫でてから、スッと耳に口を寄せた。

「内緒だぞ。実は、パパは魔法使いなんだ」

「――えっ」

「いいか、二人だけの秘密だぞ?」

冗談だと笑おうとしたが、パパがあまりにも真顔で真面目な瞳で覗き込んでくるので、私の笑顔もゆっくり引き下がり――思わず神妙な面持《おもも》ちで頷いた。

「そうだ。真実は、お手紙書けるんだったな」

「うん」

手紙、と呼べるものは、昨年のクリスマスに書いたサンタクロースへの手紙《リクエスト》と、今年の年賀状くらい。それでも、あれから随分文字を覚えた。

「ようし」

パパはベッドから出ると、部屋の隅の机から一冊の本を持ってきた。背表紙が付いた、青と白のチェック柄の本だ。私の絵本よりちょっと小さいけど、どの絵本より厚みがある。

「これを真実にあげよう」

「絵本？」

「いいや。まだ何も書かれていないだろ」

そう言いながら、パラパラとページを捲《めく》る。まっさらな、一文字も記されていないノートは、私のお絵かき帳とは違う大人びた匂いがした。

「ここに、パパへのお手紙を書いてくれるかい？」

「お手紙？」

「そうだ。真実の好きなものや、嬉しかったことや、嫌なこととか、全部だ」

「嫌なことも、書くの？」

「ああ。これは魔法の本なんだ。嬉しいことはもっと嬉しくなるし、嫌なことはちっとも嫌じゃなくなるんだよ」

そう言うとパパはニヤッと得意気に笑い、本をパタンと閉じてから、表紙を撫でた。

「それに、パパはいつも一緒にいられないから、どんなことでも知りたいんだ」

今思えば、それは交換日記のようなものだった。

私が書いた他愛《たわい》ない「お手紙」は、パパの手元に渡ると「お返事」が書かれて戻ってくる。

『ぴあのにいったよ。あやこせんせいが、じょうずだねって、ほめてくれたよ』

『まみは、がんばりやさんだね。たくさんれんしゅうして、ぱぱにきかせてください』

『はっぴょうかいで、ちょうちょをひくよ。パパ、ききにきてほしいな』

『ママにひにちをきいたよ。いけなくて、ごめん。でも、たくさん、はくしゅがもらえるように、おうえんしているよ』

『バイエルが終わったの。来月の発表会、「さくらさくら」を弾くの。パパ忙しい？』

『ごめんな。ゴールデンウィークの前は休めないんだ。でも春の衣装を贈るよ。きっと真実の演奏で、会場が桜色になるね。ママのビデオを楽しみにするよ』

『パパ、机の上の賞状見てくれた？　夏休みの読書感想文だよ。びっくりしちゃった』

『県知事特別賞か、すごいなぁ。真実の中には、たくさん宝石の素《もと》があるんだね。しっかり磨いて、大切にするんだよ』

『パパ……誕生日プレゼントのバッグ、ありがとう。ピアノに行く時、使ってるわ』

『最近、ピアノの練習がつらいみたいだね。続けていると、必ず上手《うま》くいかない時ってあるんだ。でも大丈夫だ。この本は魔法の本なんだから。新しいページに「弾ける」って書いてごらん。そして諦めずに弾くんだ。きっと真実なら叶えられる。信じて！』

『ありがとう、パパ！　私、課題のソナタが弾けるようになったの！　綾子《あやこ》先生も、すごく驚いてた。クリスマスのコンサートに出なさいって勧《すす》めてくれたわ！』

『そうか！　頑張ったね。真実の演奏で、みんな幸福なクリスマスになるね。パパも聴きたいよ』

『……ママとケンカしたの。白羽《しろばね》学院は無理だって。啓真《けいしん》高校に行きなさいって言うの』

『白羽の音楽科には、推薦枠があるだろう？　成績が足りないのかい』

『今度の秋のコンクールで優勝したら、推薦がもらえそうだけど……自信がないわ。綾子先生は、五分五分だって。ママは、不確かなピアノより、堅実に勉強しなさいって』

『そうか……。ママも心配なんだな。真実は、どうしたいんだい？　秋まで、まだ五ヶ月もあるじゃないか。この本は魔法の本だって言っただろう？　真実の願いを、心を込めて書いてごらん。そして、諦めず、どうすれば魔法が叶うのか、考えてみるんだ。真実なら、きっと見つけられる。大丈夫だ』

パパは、繰り返し「魔法の本」だと言ったけれど、十四歳の私には、もう分かっていた。

この本――ノートに、魔術的な力なんて無いし、パパも魔法使いではない。パパがくれたのは、私が夢を実現する力。夢や願いを現実にするために、何が必要で、どんな準備や道筋を辿《たど》るべきなのか、それを冷静に見極める力。そして「私には出来るんだ」という、自分を信じる力――。

私は、黄ばんだページを捲る。

『白羽の推薦をもらったの！　パパ、背中を押してくれて、ありがとう！』

『おめでとう！　真実は、ママとパパの誇りだよ。いつも傍にいられなくて、すまないね。コンクールで優勝した時の写真、車内に貼って、いつも見ているよ』

あの頃のパパは、長距離専門で走っていた。家で過ごす時間が、益々減っていて、月に数回、顔を見られればいいほどだった。

日焼けしたパパの顔が瘦せたな、と申し訳なく思っていたが、両親はピアノ以外の余計な心配をして欲しくないと繰り返した。

実際、高二の春になると、海外留学の話が持ち上がり、私はその準備に追われた。交換留学制度があったアメリカのハイスクール。新学期に合わせて日本を離れたのは、八月の初めだった。


—2—


クリスマスが近い。

分厚いカーテンを細く開けると、白く曇った窓。指先で小さく拭《ぬぐ》うと、林立するビル越しの狭い空を残照が微《かす》かに染めていた。視線をすぐ近くに移せば、文化会館の前庭の木々をＬＥＤのイルミネーションがカラフルに彩《いろど》っている。

「真実さーん、お母様がお見えです」

ノックに続いて、絵衣子《えいこ》ちゃんがドアから頭だけ覗かせた。

目鼻立ちのハッキリしたエキゾチックな容貌《ようぼう》に、オレンジのソバージュヘアが似合う。うちの事務所に三年前入社した若手ながら、細やかに気が回る有能なマネージャーだ。

「ありがとう」

「絵衣子さん、ありがとうね。真実」

入れ替わりに、ママが現れた。ベビーピンクの清楚なスーツ。私の学費がかからなくなったのだから、もっとお洒落を楽しんで欲しいのだが、放っておいたら黒や紺の地味な色しか選ばない。今夜の装いは、私の要望と彼女の勇気が実った、ギリギリの晴れ着だ。

「雪にならなくて良かったわね」

「ええ、そうね」

個人的には、ホワイトクリスマスが好きだけれど……雪は交通機関を混乱させて、客足に影響する。

趣味ではなく、興行収益が生活に直結する「仕事」である以上、白い妖精を望むのは不謹慎というものだろう。

「ココア、頂くわ。あなたは？　何か飲む？」

来て早々、まるで我が家のように壁際のテーブルに向かう。マグカップを取り出し、その一つにスティックから茶色い粉末を入れる。

「開演が近いから、いいわ」

ママは電気ポットのお湯を注いで、スプーンをクルクル回しながらソファーに身を沈めた。必要以上に混ぜる指先が、白い。


——そうか、緊張してるんだ。


私は窓辺を離れ、ソファーに腰掛ける。

ママの前にはココア、私の前には「魔法書《グリモワール》」。形は違えど、緊張を和《やわ》らげる精神安定剤なのだ。

「その本、懐かしいわね。あなた、まだ持ってたの」

デニムのカバーを掛けていても、当然中身を知っている。ココアを一口含んでから、ママは目を細めた。

「そりゃそうよ。私の宝物だもの」

「パパも……来たかったでしょうね」

「来てるわよ」

私は即答する。確信していた。

「ええ……そうね。きっと」

私は、バッグから深紅のチケットを二枚取り出した。ステージが一番よく見え、音響もいい、ロイヤルボックスの座席番号が印刷されている。


『ピアニストになる』

十年前に記した、若い文字。これを書いた私は、悲しみのどん底にいた——。

―＊―＊―＊―


「——なんて……言ったの、ママ……」

電波が切れては困るので、留学先の高校の事務室で電話を借りた。国際電話の受話器の向こうは、深夜二十三時。時差は十四時間ある。

「パパが………亡《な》くなったの」

少しハスキーな声は、泣き枯らしたのか。デジタル変換されているせいだけではないはずだ。ママは、振り絞るように答えた。

「――今日は……何日?」

事務室の床にしゃがみこんだ私を見て、職員の女性が素早く寄り添い、肩を抱いた。日本語で話す内容は分からずとも、尋常ではない様子に、察するものがあったのだろう。

「まだ……エイプリルフールじゃないわ……ママ……」

「真実……」

「――やめて……言わないで……!」

人目も憚《はばか》らず、私は泣き崩れた。胸に抱えた受話器の向こうで、ママも啜《すす》り泣いていた。

―*―*―*―

最後にパパと話したのは、アメリカに旅立った八月、空港のロビーだった。

「『魔法書《あのほん》』持っていくけど、代わりにメールするから」

見上げた私の頭を撫でて、「行っておいで」――パパは笑顔だったけど、短く言った。

昔のように抱き締め合うことがなかったのは、私が思春期を迎えて以来、二人とも現実《リアル》では微妙な距離があったからだ。「魔法書」には何でも書けたのに、ボディタッチすら久しぶり――触れるパパも触れられる私も、それが精一杯だった。

変な照れ臭さなんか気にせず、あの時、思いっ切り抱きついておくんだった。

あれから何年経っても、私は後悔している。

「ごめんね。もっといっぱいメールするんだった……ごめんね」

棺《ひつぎ》の中のパパは、やつれた印象はあったが、綺麗な顔で眠っていた。

和歌山の倉庫まで荷物を運び、その帰り道、高速道路のＳＡ《サービスエリア》で仮眠中に亡くなっていたそうだ。急性心筋梗塞――過労死だった。

前日深夜に、富山の倉庫から戻って、本来なら休日のはずだった。和歌山に走る同僚がインフルエンザにかかり、急遽買って出た勤務だった。

責任感と思いやりがある、パパらしい決断だ。走行中に事故を起こすことなく、会社や家族に迷惑をかけずに逝《い》ったことも、パパらしい。

後日、会社からパパの私物が運ばれてきた。私が留学先《アメリカ》に戻る前に、どうしても渡したいと、社長さんが直々に持参してくれたのだ。

「お忙しい中、わざわざすみません」

ママがお茶を出しながら、一礼する。つられて私も無言のまま頭を下げる。

「とんでもない。香田《こうだ》さんには、入社以来ずっと無理を聞いてもらって……こんなに早く亡くしてしまった。本当に申し訳ありません」

社長さんは、仏壇に手を合わせた後、改めて私達母娘《おやこ》に向き直り、深々と頭を下げた。頭頂が禿《は》げ、両耳を結ぶ後頭部だけに白髪《しらが》混じりの髪が残っている。六十代後半ながら、パパと同じく日焼けした肌には深くシワが刻まれていた。

「これ……車の中にあった私物です」

太くて短い眉《まゆ》の下の小さな一重《ひとえ》の目が、私を捉える。

ロッカーや机の中のものを詰めた段ボールは、先にママに渡していた。それとは敢《あ》えて混ぜることなく、Ａ４サイズの茶封筒を私の前に差し出した。

「……私に？」

「はい。これは、あなた宛てだと」

一瞬、ママの顔を見た。小さく頷いたのを確認して、封筒の中身をテーブルの上に広げる。

洋形の白い封筒が三通と、色褪せた２Ｌ版の写真が一枚出てきた。

「……これ、あの時の――」

十四歳の秋にコンクールで優勝した時の写真だった。

「香田さんね……この写真の方に顔を向けて亡くなっていたそうです。多分、仮眠を取る時は、普段からそうしていたんじゃないかなあ」

グズッ、と鼻を啜る音がした。ママが真っ赤な目をして、ティッシュの箱を引き寄せている。

「あの人、いつも休みの日には、録り溜めた娘の演奏会の映像《ビデオ》を観ていたんです。『鳶《とんび》が鷹《たか》を生んだなあ』なんて笑って……」

「ママ……」

ティッシュを何枚も抜いて、涙を押さえている。小刻みに震えるママの膝頭《ひざがしら》に、そっと触れた。柔らかい温もりの中に、互いの悲しみが溶け出し、喪失感をゆっくり埋めていく気がした。独りなら——きっと、耐えられなかった。

私達は、丁寧《ていねい》にお礼を言って、社長さんを見送った。ママは段ボールの中身の整理を始めた。私は茶封筒を手に、自分の部屋に入った。

白い洋封筒には、たどたどしい筆跡のアルファベットが並び、留学先の住所と高校名、更に私の名前が記されている。切手も貼られて、このまま投函すればいいばかりなのに——パパは止《や》めたようだ。とりあえず一通を手に取り、封を切る。

『真実、メールありがとう。元気みたいで、何よりだ。ママと二人の家の中は、びっくりするほど静かで、つい真実の気配を探してしまうよ。帰国まで、まだ半年以上あるのになぁ。新しい世界に触れた君に会えるのが、今から楽しみだ』

明るい文面の中に、寂しさが滲《にじ》む。堪《こら》えていた涙が、また溢れてしまう。

次に手にした洋封筒には、住所と名前があるものの切手は貼られていない。しっかりと止められた封を丁寧に剝がして、便箋《びんせん》を抜く。

『真実。元気にしているかい。そっちでの生活は慣れただろうか。メールしようかと思ったけれど、時差があるから、いつ送れば迷惑にならないか分からなくて、結局手紙を書くことにした。でも、返事はいらないんだ。限られた時間を、精一杯、自分のために使って欲しい』

「返事は不要」と書いてあっても、受け取れば私はメールしただろう。そんな私の性格を熟知したパパの気遣いに、胸が痛む。課題も多く、目まぐるしい日々ではあるが、メールくらい送れないことはなかった。新生活を言い訳にした自分の甘えに、後悔が広がる。

三通目の封筒には、私の名前のみ書かれていた。宛名の住所がないということは、最初から投函の意図がなかったということだ。それでも封は閉じられている。一度涙を拭《ふ》いてから、薄く付いた糊《のり》を剝がした。

『真実へ。この手紙は出さないけれど、どうしても書いておきたかった。きっと、パパがかけた魔法の効き目は、そろそろ終わるんだと思う』

どきん、と心臓が跳ねる。強い力で握られた気がした。

『真実。君は、道を見つけたんだ。留学は、その一歩だ。その道をこのまま進んでも、もし別の道を選ぶ日が来ても、ママもパパも応援するから、恐れないでくれ』

ピアノを始めたのは、五歳の春だった。幼稚園の友達が楽しそうに弾いていたのを見て、私も鳴らしてみたくなったのだ。

最初は遊びの延長だった。小学生になって本格的に習い出すと、月謝や演奏会の衣装や……決して豊かではない我が家には負担だったに違いない。

市内、県内に留まらず、時には県外のコンテストに出ることもあった。交通費や宿泊費は、馬鹿にならなかったはずだ。パパが長距離勤務を増やしたのは、確か地区大会の中学生の部で優勝した後だ。

それでも、のめり込んでいく娘を、両親は止めなかった。むしろ、褒めて励まして、応援してくれた。

『これからは、自分で魔法をかけるんだ。目標でも夢でもいい。言葉には「言霊《ことだま》」という力がある。あの魔法の本に書いて、信じてごらん。きっと、叶わない魔法なんてないんだから』

私は、色褪せた写真を眺めた。進学に迷った十四歳の春。背中を押してくれたのは、「魔法書」に綴《つづ》られたパパの言葉だった。

どれほどの深い愛情に支えられてきたことだろう。

その想いに、私は一体どれだけ報《むく》い、返すことができただろうか。

ベッドの上、赤いリボンを首に飾ったクマのぬいぐるみが座っている。思わず駆け寄ると、ギュッと抱き締めた。腕の中に十分収まるクマからは、日だまりのような懐かしい匂いがして——顔を埋《うず》めて泣いた。

留学先に戻る朝、家を出る前に自分の机で「魔法書」を開いた。初めて手にした時、もっと白かったはずのページは、いつの間にか柔らかいクリーム色になっている。

『ピアニストになる』

私は黒いインクの万年筆で、新しいページの真ん中に丁寧に書く。
それから、パパの手紙と私の写真を挟むと、バッグにしまい込んだ。
この魔法を叶えるのは、私自身。
ベッドの上で留守番してくれるクマのぬいぐるみの頭を撫でて、部屋を出た。

— 3 —

——コンコン

「真実さん、開演十分前です」

「はーい」

絵衣子ちゃんの合図が、現実に引き戻す。

きっとパパは、この会場に来てくれて……私の演奏を心待ちにしてくれている。

チケットの一枚を「魔法書」に挟み、ママの分の一枚と一緒に手渡した。触れた指先が温かい。

「お願いね」

「ええ」

ママは小さく微笑んだけれど、瞳が潤《うる》んでいる。

「真実、楽しんで」

「ありがとう、ママも」

私達は立ち上がり、短い会話を交わした。ベビーピンクの後ろ姿を見送ってから、私は姿見の前に立つ。チケットと同じ深紅のロングドレス。

――魔法、叶えたよ、パパ……。

鏡の中の自分に向かって微笑んで、私は控え室を後にした。

元妻から宅配が届いた

椿更紗

元妻から宅配が届いた。

伝票には『生花《せいか》』と書いてある。

一体急にどうしたんだ？　と首を捻《ひね》っていると、宅配のお兄さんが申し訳なげに、

「あのー、サインかハンコを」

と促してきた。

「あ、ああすみません」

慌てて胸ポケットからペンを取り出そうとして手がするんと滑る。胸元を見るとTシャツだった。うっかりしていた。朝起きたそのなりでパソコンの前に座っていたんだった。

「これどうぞ」

お兄さんが差し出してくれたペンを受け取ってサインをすると、「ありがとうございました」と早々に立ち去った。

カンカンッとアパートの外階段を駆け下りる音が響く。その音が消えたと思ったらあっという間にエンジンがワンとなって、これまたあっという間に聞こえなくなった。

今とんでもなく忙しい仕事の一つだろうと同情する。

受け取った荷物をそのまま食卓テーブルに置こうとして改めて生花だったことを思い出す。

生花だよ。ナマだよ。とっとと水につけないと。

いや待てよ、家に花瓶なんかあったたか？

細長い箱にぴったり貼られた紙テープを剝がし蓋《ふた》を開いた。

甘い香りが１ＤＫの部屋に拡散した。

元妻から花が届いた。

箱の中には五本ほどの花が納まっている。花の切り口のところは銀紙で巻いてある。箱から取り出して目の高さにかざす。

　ピンクや白のフリルの花びらがふわふわと長い茎の先についている。どこかで見た記憶のある花だ。もしかしたら花束にはよく使われるものかもしれない。ただ申し訳ないが自分が花の名前でわかるのは桜や菊程度。これの名前は見当もつかない。強《し》いて言うなら花の形が蝶のようだ。

　とにかく水につけないと。

　シンクに目をやると昨日飲み切った牛乳パックが濯《すす》いだまま逆さまに置かれていた。

　あれでいいんじゃないか？

　花束を手にいそいそとシンクに向かう。

　元妻から花だけが届いた。

「まあこれは……うん」

　まあこれはこれでいいんじゃないか？

花の生えた牛乳パックを両手で持ってうろうろ。窓辺が一番よさそうだがベランダに通じる掃き出《はだ》し窓の前に置くと蹴飛ばすこと間違いなし。仕方がないのでワーキングデスクの上に置くことにした。が、いかんせん仕事の資料やパソコン、タブレット、それ以外にもビールの空き缶やいつ封切ったのかわからないポテトチップス、惣菜《そうざい》トレー等《など》、モノがありすぎてまずは机上《きじょう》の片づけから。

こんなもん送ってきたばっかりに、と横目で花を睨む。

茎がことりと揺れた。

『ここに残るわ、私』

あの時何と答えたんだっけか。

そうだ。

『ああ、わかった』

そう答えたんだった。

元妻からラインが来た。

『花届いた？』

まずは届いたよ、と入力。その後にありがとうと付け加えるか、それとも一体どうしたんだ？　と続けようかと悩んで指が止まる。

入力して消し、また入力しようとして今度は指が宙で止まる。

なんといっても十年ぶりに連絡が来たんだ。動揺するのは当たり前だ、と思う。離婚したての頃は一抹《いちまつ》の寂しさも感じたがそのうち日常に忙殺され、便りのないのは無事の証拠と気にしなくなった。

と、いきなり呼び出し音。元妻からだ。

これは既読がついたまま返事が来ないから焦《じ》れたとみた。

「もしもし？」

「もしもーし。忙しいの？」

「いや。届いたよ。その……」

指同様、言葉も止まる。

「何？」

ありがとう。だけどいきなりどうしたんだ？　……そう言おうと思ったのに。

「この花、何て名前なんだ?」

口に出してから我ながらアホだなと後悔。

「スイートピーよ。覚えてない? 結婚式のブーケ」

結婚式……。

思い出した。彼女の白いドレスに彩《いろど》りを添えていたあれか。

「そっちどう? 自粛《じしゅく》の影響出てる?」

冬あたりから世界中で広まった新型感染症は今や日本にも入り込み、とうとう非常事態宣言まで出されてしまった。Twitter で見た東京渋谷《しぶや》の画像には人っ子一人いなかった。

ただ、自分の住んでる場所は田舎《いなか》だから大して変わりがないのとあんまりテレビや新聞を見ないせいで実感できないというのが実情だ。

「先週から在宅勤務だ。家で仕事はダメだな。つい時間の感覚が無くなる。いつ食事したのかもわからなくなる」

「でしょうね、あなた仕事の虫だもんね。その分じゃ今日が誕生日だってことも忘れてるよね」

え？　誕生日？　パソコンの画面の端には自分の生まれた日付が並んでいる。

「おめでとう」

「……ありがとう」

素直に礼は言ったものの、こいつと別れてはや十年。今まで一度でも花なんか、いや花どころか電話一本掛かってきたことはない。

「そっちこそ仕事どうだ？　今、忙しいんじゃないのか、病院」

彼女はそこそこ大きい総合病院で看護師として働いている。

「まあね。四日ぶりに家に帰ってきたわ」

彼女の掠《かす》れた笑いが何故か胸に痛い。


元妻から誕生祝いに花を貰《もら》った。


彼女とは大学の合コンで知り合った。何となく気が合って付き合い始めた。多分あのまま何事もなければ半年もしないうちに別れていたと思う。

大学に入学した年の六月、日本各地で異常気象による水害が起きた。自分たちの

住んでいた町は無事だったが隣の市や山奥の村では土砂崩《どしやくず》れや堤防の決壊《けつかい》のために
わずか半日ほどの間に建物が損壊し多くの死傷者が出た。
災害の翌日、前触れもなしに彼女がアパートにやってきた。ドアを開けた途端、
倒れ込んでくる彼女を慌てて抱きとめた。心細かったんだろう。彼女も自分も親元
を離れて一人暮らしだったから。
小刻みに震える彼女をなだめて部屋に入れ気分転換にとテレビをつけた。
だけどどのチャンネルに変えても流れているのは災害の報道。まずいな、と思い
彼女を見た。
彼女の顔は蒼白《そうはく》で今にも倒れそうだった。
だが。
彼女は唾《つば》を飲み込むと、テレビの前に座った。自分もその横に座った。
テレビ画面の中では家族を亡《な》くした人々が泣き崩れていた。必死で泥を掻《か》き出《だ》し
ているレスキュー隊や消防団の人々が疲れた顔をしていた。埋もれた家から思い出
を掘り出している人々の後ろ姿が痛々しかった。
何度も同じ映像を繰り返すニュース。何度も見ているうちにいい加減覚えてしま

った画面をぼんやりと見つめながら思考も止まらなかった。

ヒトの寿命は延びているかもしれない。だが命の儚《はかな》さは今も昔も変わらない。自然災害にしろ交通事故にしろ、今笑いあったと思ったら次の瞬間にあっさり奪われてしまう。

守りたい。強烈にそう思った。多くとは言わない。せめて自分の大切な人だけでも守りたい。

自分に何が出来るだろう。今の自分に出来ること。それは何か、そのためにはどうすべきか……。

カーペットの上で彼女の右手が動いた。見ると拳《こぶし》を握っていた。彼女の目はテレビ画面を睨んだまま。だけど目の中に宿る光は何かを決めた、そんなふうに感じた。

左手で彼女の手を上から握りこんだ。自分も同じだと伝えたかった。

気づけばしっかりと手を握り合っていた。

彼女は夏休みに入る前に大学を辞めた。次の春には看護師養成学校に入学した。

自分は人が変わったと言われるくらいひたすら勉強に集中した。人を守れる程に強靭《きょうじん》なものを作り出したい。その一心だった。

「お前こそちゃんと食べてるのか？　新型ウイルスって抵抗力失《な》くすと一気にやられるって聞いたぞ」

「一体どこで仕入れた知識なの。ちゃんと新聞読んでる？　どんな病気だって体力は大事よ。貴方《あなた》こそ外出する時きちんとマスクしてる？　買い物は予《あらかじ》め決めておいて長い時間外にいちゃだめよ。帰ったらすぐにうがい手洗いその後シャワー。新型感染症はオジサマには手厳しいのよ。三食出前取って過ごすくらいの覚悟でいないと」

心配してくれているんだか、けなしてるんだか。思わず苦笑が出る。

「笑ってる場合じゃないって」

つられたのか彼女も笑う。そういえばここ最近笑うってなかったな。笑うどころか人としっかり関わることがあっただろうか。国が非常事態宣言を出して以来、外出自粛、店舗への休業要請、仕事はテレワーク、学校は休校、買い物は極力セーブ、宅配推奨、感染の恐れがある場合、まず保健所に電話相談、不要不急の外出をしようものならネットで叩かれ、その上……。

「お前、今職場で辛《つら》い目に合ってないか？」

つい口から出てしまった。治療にあたっている医療従事者が人々から誹謗中傷《ひぼうちゅうしょう》されているってネットに上がっていたのを最近見た。

「辛い目、っていっても私は独り者だからね。特に問題ない。他の仲間は……まあ仕方ないよね」

独り者。その言葉がずしんと胸に響く。つい口調が荒くなる。

「ひとりもん、って。別れたいって言ったのはお前なんだけどな」

「……別れたいとは言ってない。ここに残りたいと言ったのよ」

元妻から送られた花はスイートピーだった。

就職して初めて貰った冬のボーナスを全額はたいて婚約指輪を買った。その日彼女は夜勤明け。小雪のちらつく中、鼻水垂らしながら病院の前で出待ちしたのはいい思い出だ。

結婚してからも彼女は当たり前に仕事を続け、自分は出張や残業ですれ違いの生活だった。それでもうまくやっていけてると思っていた。

気が付けば隣に潜り込んでいる彼女。目が覚めた時には自分の分だけ納豆と味噌汁が置いてある食卓。それでも感じていた彼女の存在、彼女の空気。彼女がそこにいるだけで幸せだった。

だがそんな幸せは自分の社会的立ち位置が変わったことで手放さざるを得なくなった。

結婚して二年が経とうとした頃、会社から転勤命令が下った。場所はここから千キロ先。本土を縦断する自動車専用道路建設のプロジェクトへの参加が決まった。完成すれば無医村地区や過疎《かそ》が進んでいる町の人々が一時間とかからずに市街地へ移動可能だ。災害時でも避難や救出活動がスムーズに出来る。工事期間は早くて十五年。自分の人生の中で一番デカい仕事になると心が躍った。当然彼女はついてきてくれるものだと思った。

が、彼女の答えは『ここに残る』だった。

本当は「病院は日本中どこにでもあるし患者はどこにでもいる、だから一緒に来て欲しい」と言いたかった。自分のエゴだということは十分わかっていた。

離婚は自然に決まった。

特に喧嘩したわけではない。泣き別れたわけでもない。ただ、お互いがお互いを縛ることを止めただけだ。お互いの夢を叶えるために。

それなのに。

人の命を守りたい。そう願って看護師になって、自分の幸せは二の次に頑張ってきたというのに人に裏切られる。それはあんまりにも辛すぎる。

「俺ん所に来るか?」

自分のところに来れば守ってやれる。今しばらくでも傷ついた羽を休めることは出来る。そのくらいの場所は開けてやれる。

「えー?　行かないわよ。私今の仕事も職場も好きだもの。ただ、ね」

彼女の音にならないため息が聞こえた気がする。

「うちの病院ね、新たに感染症特別病棟を設置したのよ。そこは専任の医師と看護師で構成されてて……」

「ちょっとまて。特別病棟?　まさか、お前……」

「専任看護師。命令されたわけじゃないわよ。志願したの」

「おい！」

「大丈夫よ、感染防御は抜かりない」

慌てて机上のマウスを動かす。指先が震えを止められない。海の向こうの出来事くらいにしか思っていなかったことが肌にザクザク刺さってくる。会社の人間がうるさいから取《と》り敢《あ》えずマスクはつけているが、問題の感染症がどんな病気でどんな症状が出るのか、実際よくわかっていない。

ディスプレイに映し出される感染者数だの致死率だの、うなぎ上りに伸びているグラフに絶句する。

「ちょっと想定外だったのが人と会う、っていうのが半端なく制限されててね。患者さんと医療スタッフだけ。それも会話は必要最小限なことだけ。移動はマイカーで駐車場も分けてある。日々の食料品なんかは他のスタッフがまとめ買いして病棟仕切りのドアの前に置いといてくれるのを持って帰る、みたいな？　ラインや電話で会話はできるけど、やっぱり人恋《ひとこい》しくなっちゃうのよねえ」

元妻から届いたものは花だけではなかった。

電話の向こうで彼女が淡々《たんたん》と話す間も、こっちでマウスを動かす手は止められない。

既にあちこちで院内感染が起きていて医療スタッフが亡くなっているところもある。

パンデミックだの未知のウイルスだのは、ガラスを隔《へだ》てた別世界のことで自分とは無縁のものだと思っていた。

現実はもっと生々しくて、彼女たち医療従事者や関係機関が命を盾《たて》に作り上げたバリケードによって守られていた。

だがそれより、そんなことはいっそどうでもいい。一番大事なのは……。

「なあ、今すぐ」

「それでね。あんまり暇だからネットで服でも買おうかなってあれこれ検索してたんだけど、よくよく考えたら受け取りができないよね、って思い当たってね。なんだか馬鹿馬鹿しくなってクリック繰り返してたら、たまたまスイートピーの花束が目に留まったの。それで綺麗に忘れてたあなたのことを思い出した。あはは」

「……何だよそのオチ」

──今すぐ仕事を辞めろ──

お前に何かあったらどうするんだ。他の誰ともお前を引き換えることは出来ないんだ、と。

そういうつもりだった。

それなのに。

お前は先手を打って俺の口を止めやがった。これまで同様、大事なことは言えない意気地なしのままでいろ、ということなのか？

じゃあなんで花なんか送ってきた？

なんで今更《いまさら》連絡してきた？

十年も音信不通だったのに。

牛乳パックのスイートピーは窓からの陽射しで透明感が増したのか、ことさらふわふわして見える。今にも飛んでいきそうだ。

……飛べるわけなどないのに。

もしかして。

検索項目をスイートピーに変える。マウスでクリックしてざっと目を通す。

……そういうことか。

「という訳で三十五歳のお誕生日おめでとうございます。でさ、これからも退屈しのぎに時々電話していい？」

お前、バカにしてるのか？

仮にも元夫。声の調子でお前が今どれだけ不安を感じているのかくらいは手に取るようにわかる。

だけどお前が望むなら。

お前が今欲しい言葉をやるよ。

お前に聞こえないように深呼吸をひとつ。

「まあ邪魔しない程度なら付き合ってやるけど。俺も今の仕事めっちゃ気に入ってるしテレワークとはいえ忙しいんだ。だけどな条件がある」

「条件？　なあに？」

興味が湧いたのか、お前の声が明るい。

元妻から送られたスイートピーの花言葉は『門出《かどで》』。

だけどお前の伝えたかったのはそれじゃないよな。

もう一つの花言葉は『私を忘れないで』。

お前、本当は遺言《ゆいごん》のつもりでこの花を送ってきたんだろ。

お前は覚悟を決めてるんだな。だから花を送ってきた。私が死んでも私のこと忘れないで、ってか？

あの日、震えていたお前の姿が花と重なる。

バカだな。お前を忘れるわけがない。形は変わっても俺達は永遠に同志で夫婦なんだぞ。

「新型感染症が収束して非常事態宣言が解除されたら俺のバースデイパーティやるからな。その時は必ず有給休暇取って遊びに来い」

言葉の陰《かげ》に真意を込める。俺がお前のことを分かるように、お前にも俺の思いが伝わるはずだ。

死ぬな。

あの日テレビの前で言葉こそ交わさなかったが二人とも誓ったことは同じ。脆《もろ》い人の命を守りたい。その思いを叶えるためにお互いひたすら頑張ってきた。

そして今お前は文字通り自分の命を危険に晒《さら》しながらひたすら走っている。止めることができないならせめてエールを送ろう。

俺達はまだ夢半《なか》ばだ。やらなきゃいけないことは山程ある。

だから。

死ぬな。

そしてお互い一息つけたら。

もう一度手を繋《つな》ごう。

あの日のように。

「うん。約束する。守るよ、絶対に」

静かだが力の込もった声が帰ってくる。

元妻から届いた花が、飛び立った。

Will you marry me, again

高橋かなで

「僕と、結婚してください」

まっすぐにわたしを見て言うあなたにわたしは答える。

「はい。喜んで」

顔いっぱいの笑みを返すわたしを、あなたも笑顔で見ている。

それはとても幸せな言葉だった。これからもこの人と歩んでいける、そう思えることが嬉しくてたまらなかった。

「君は、僕と結婚して幸せ?」

尋《たず》ねているのになぜか自信満々の顔。そんなあなたの顔もわたしのお気に入り。きっと答えは分かっているのでしょう。少しだけ悔しいけれど、あなたが思っている通りの答えをわたしは口にする。

「ええ、もちろんよ」

だって答えはこれしかない。この人といられてわたしはとても幸せだから。

眠るあなたの傍《かたわ》らで、わたしはたくさんの思い出を振り返る。

みんなに祝ってもらった結婚式。『とてもきれいだった』と、何度も繰り返して言ってくれたね。照れくさかったから、冗談めかして『きれいなのはあの日だけ?』とわたしが言うと、笑って耳元で『今もずっと君はきれいだよ』と言ってくれた。そんなやり取りが本当に嬉しくて好きだった。

ふたりで色んなところに出掛けたこと。どこに行っても楽しかったけれど、部屋にふたりでいる穏やかな時間も幸せだったよね。

やがてふたりが三人に、そして四人の家族になって、そんな穏やかな時間はなくなっていった。あなたは仕事が忙しくて、わたしは育児に必死で。わたしたちは穏やかに、緩やかに、すれ違っていった。

以前は何でも話してくれていたのに、わたしの知らないあなたが増えていく。仕事は楽しい？　今日はどんなことをしたの？　聞く暇すらなく、一日が終わっていく。

だけどわたしも同じかな。話すことといったら子供たちのことばかり。『今日わたしね、髪を切ったんだよ』。そんなことも話さなくなっていった。もし言っていたら、何かが変わっていたかしら。『似合うよ』って褒めてくれた？

そんなこと、もう分からないよね。

後悔と虚しさに蓋《ふた》をして、わたしもあなたもただ毎日を過ごすのに精一杯だった。

ようやく仕事も育児も卒業して、もう一度ゆっくりと穏やかに過ごしていけると思った矢先、あなたはわたしのことを忘れていった。

最初はほんの小さな疑問から。

『メガネはどこに置いたかな』

『さっきまで掛けて新聞読んでたでしょ？　机の上にあるんじゃない？』

『……新聞なんて読んでたか？』

そんな些細《ささい》なやり取りだった。だけど段々と、あなたは色んなことを忘れていく。

食べたはずの朝食。いつも行くコンビニの場所。

ぽろぽろと、あなたの中からこぼれていく。


「若年性アルツハイマー病です」

心配になって連れて行った病院で言われた病名。ほとんど予想していたとはいえ、ショックだった。お医者さまが詳しく教えてくれるほどに、それは大きくなっていく。

彼はこれから色んなことを忘れ、分からなくなっていくのだそうだ。家の場所も、生活の仕方も、子供たちのことも。

そして、……わたしのことも。

これからだと思っていたのに。これから、穏やかにふたりの思い出を一緒に振り返りながら過ごしていけると思っていたのに。彼だけが忘れてしまう。わたしだけが思い出を覚えているなんて嫌だ。ふたりの思い出なのだから一緒に覚えていてほしい。一緒に『楽しかったね』と笑い合いたい。

だけどそれはもう叶わない。病気は猛スピードで彼を奪っていく。遂に子供たちやわたしを見て『どなたですか』と、ぼんやりとした目で問いかけるようになった。

わたしのことも分からない。外に出れば帰る家が分からない。食べることもこれまで通りにできなくなった彼をわたし一人で世話をすることはできずに、とうとう彼は施設に入居することになった。

幸い、家の近くの施設だったので、わたしは毎日会いに行った。毎日、笑顔で

『どなたですか』と問われ続けながら。

そんなある日、娘が幼い子供を連れて遊びに来たときだった。わたしは昔のアルバムを孫に見せていた。『ママにもこんな小さいころがあったのよ』と言うと驚きながら楽しそうにアルバムをめくる孫が可愛くて、わたしはどんどん古いアルバムを出してきた。その中に、わたしと彼の結婚式の写真も入っていた。

「これ、おばあちゃんとおじいちゃん？　とってもきれいだね」

目をキラキラさせて言う孫よりも、わたしは久しぶりに目にしたその写真に釘付けになった。懐かしくてそっと手を沿わす。このときには隣にいた彼が、今はとても遠く感じる。寂しくて悲しくて、いつの間にかわたしは静かに涙を流して泣いていた。

「おばあちゃん？　どこか痛いの？」

「お母さん、大丈夫？」

心配する娘と孫に、わたしは何も言えずにただ首を振って泣き続けていた。

それから数日後、ふたりの娘が連れ立ってやってきてわたしに言った。

「ねぇ、お母さん。お父さんと結婚式しない？」

何を言っているのかと把握できないわたしに上の娘が話す。

「私の結婚式の準備のときに式場の人が言ってたんだけどね。最近は銀婚式にウエディングドレスを着て記念写真を撮る人も多いんだって。お母さんたちのときは、お父さんの仕事が忙しくて銀婚式なんてできなかったでしょ？　だからもう一度、お父さんと結婚式しようよ」

娘の気持ちはとても嬉しいが、それよりも戸惑いと恥ずかしさが勝っていた。

「こんなおばあさんが結婚式だなんて、そんな恥ずかしいことしないわよ。お父さんだって誰かも分かっていない相手とそんなことできないでしょう」

「大丈夫だって。施設の人も、いい刺激になるんじゃないかって協力してくれてるのよ。みんな、お母さんの花嫁姿を見てみたいんですって」

いつの間にそこまで根回ししていたのか。それでもやはり、素直にうんとは言えなかった。

本当は、少しやってみたい。わたしの人生で最も華やかで幸せだったあの日。写真を見るだけで胸が締め付けられるほどに懐かしい彼との思い出の日。だけどやっぱり、形を整えてもあの日の彼はいないのだ。余計に辛《つら》いかもしれないと思うと、少し怖かった。

だけど――。

「花嫁さんのおばあちゃん、見てみたいなぁ」

「ねぇ、私たちにも親孝行させてよ」

目をキラキラさせて見上げてくる可愛い孫に、なかなか折れてくれない娘たちに、ついにわたしは首を縦に振った。

「分かった、やりましょう。……わたしもやりたいわ」

それからすぐに娘たちは準備を始めた。手際の良いことに驚いている間に、着々と準備は進んでいく。わたしはただ、娘の出す提案に頷いたり断ったりするだけだった。

その中でもひとつだけ、わたしがはっきりと決めたことがある。貸衣装屋で埋もれるほどたくさんのドレスの中にあった一着のウエディングドレス。まっすぐに流れるようなシンプルなデザインのそれは、かつての結婚式でわたしが身につけたものとよく似ていた。

『とてもきれいだった』

彼がそう言ってくれたわたしのウエディングドレス姿。ひと目見たときから、もう他のドレスなんていらなかった。このドレスを着て、彼の前に立とう。もう一度思ってくれるかしら。とてもきれいだ、と。

式の当日。照れながら施設に行くと、職員の方はみんな笑顔で『おめでとうございます』と声をかけてくれた。『季節のイベントはしても、こんな華やかなことをするなんてなかなかないから、とても楽しみにしていたんですよ』。そう言ってくれて、わたしも気が楽になった。そうすると気恥ずかしさは不思議となくなり、ただ嬉しさでいっぱいになっていく。

いよいよドレスに着替え、長女と共に扉の前に立つ。この先に彼がいる。昔の結婚式のときのように、きっとわたしを待っている。

ゆっくりと扉が開かれた。わたしはまるで、彼に恋をしていたころのようにドキドキしながら前を向く。そのころから変わらない想い。誰より愛《いと》しい彼が、そこにいた。車椅子に座って次女に付き添われ、あの日と同じ濃紺のタキシードを着ている。

婿《むこ》や孫、施設の人たちの笑顔を通り過ぎて、わたしは一歩ずつ、彼に近付いていく。とうとうその目の前まで辿《たど》り着いたときだった。

いつものようにぼんやりと座っていた彼が、ゆっくりと立ち上がった。そしてわたしをまっすぐに見て告げた。

「とてもきれいだよ、百合子《ゆりこ》」

それは何度も繰り返し、彼がわたしに言ってくれた言葉だった。


結局あの後すぐにまた、彼はわたしのことが分からなくなったけれど、それでも良かった。たとえ思い出せなくなったとしても、彼はわたしのことを覚えている。そのことが分かったから。

それに施設の人が言うには、彼はわたしと結婚したころの記憶に戻ることが増えたそうだ。とても幸せだった、あのころに。

わたしは時々彼に聞く。

「あなたは、わたしと結婚して幸せだった？」

かつてのわたしの答えと同じ言葉を、彼は言う。

「ああ、もちろんだよ」

わたしも同じ。あなたと結婚してわたしは幸せ。

彼は時折、昔の彼に戻ってわたしに言う。

「僕と、結婚してください」

わたしは答える。

「はい、喜んで」

すぐに忘れて、また彼は同じ言葉を繰り返す。何度言われても、わたしの答えはいつも同じ。だって何度繰り返しても、彼のその言葉はわたしに喜びを与えてくれるから。

だから、ねぇ。何度でも言って。
何度だってわたしたち。これからもそう。
結婚しましょう。

⦿初出

「もしも最愛のあなたとの
約束を守ったとしたら」深瀬はる　『5分後に誰も死なない涙のラスト』二〇一九年
「この愛が消えてしまう前に」東里胡　『5分後にときめくラスト』二〇二一年
「とりあえず。好きなら好きって言えばいい。」橘実来　『5分後にときめくラスト』二〇二一年
「虹色の抱擁」猪野いのり　『5分後に君とまた会えるラスト』二〇二〇年
「ケーキ職人だったおじいさん」michico　『5分後に誰も死なない涙のラスト』二〇一九年
「思い出は湯気に包まれて」七々扇七緒　『5分後に君とまた会えるラスト』二〇二〇年
「うちの父娘《おやこ》」イム＊　『5分後に癒されるラスト』二〇一八年
「パパと私の「魔法書《グリモワール》」」砂たこ　『5分後に幸せなハッピーエンド』二〇二三年
「元妻から宅配が届いた」椿更紗　『5分後に涙腺崩壊のラスト』二〇二一年
「Will you marry me, again」高橋かなで　『5分後に幸せなハッピーエンド』二〇二三年

※本書収録作品の初出はすべて、単行本「5分シリーズ」（エブリスタ編・河出書房新社刊）です。

5分後《ふんご》に大号泣《だいごうきゅう》のラスト

二〇二四年 九 月一〇日 初版印刷
二〇二四年 九 月二〇日 初版発行

編　者 エブリスタ
発行者 小野寺優
発行所 株式会社河出書房新社
〒一六二－八五四四
東京都新宿区東五軒町二－一三
電話〇三－三四〇四－八六一一（編集）
〇三－三四〇四－一二〇一（営業）
https://www.kawade.co.jp/

ロゴ・表紙デザイン 粟津潔
本文フォーマット 佐々木暁
印刷・製本 中央精版印刷株式会社

Printed in Japan ISBN978-4-309-42139-1

5分後に涙が溢れるラスト

エブリスタ〔編〕　41807-0

小説投稿サイト・エブリスタに集まった200万作強の作品の中から、選び抜かれた13の涙の物語を収録。読書にかかる時間はわずかだけれど、ラストには必ず深く、切ない感動が待っている！

5分後に慄き極まるラスト

エブリスタ〔編〕　41808-7

小説投稿サイト・エブリスタに集まった200万作強の作品の中から、選び抜かれた13の恐怖の物語を収録。読書の時間はわずかだけれど、ページを捲るごとに高まる戦慄に耐えられるか？

そこにいるのに

似鳥鶏　41820-9

撮ってはいけない写真、曲がってはいけないＹ字路、見てはいけないＵＲＬ、剝がしてはいけないシール……怖い、でも止められない。本格ミステリ界の旗手による初のホラー短編集。

ハーメルンの笛吹きと完全犯罪

仁木悦子／角田喜久雄／石川喬司／鮎川哲也／赤川次郎／小泉喜美子／結城昌治 他　41789-9

白雪姫、ハーメルンの笛吹き、みにくいアヒルの子……誰もが知っている世界の童話や伝説から生まれた傑作ミステリーアンソロジー。昔ばなしが呼び覚ます残酷な罠！　８篇を収録。

カチカチ山殺人事件

伴野朗／都筑道夫／戸川昌子／高木彬光／井沢元彦／佐野洋／斎藤栄　41790-5

カチカチ山、猿かに合戦、舌きり雀、かぐや姫……日本人なら誰もが知っている昔ばなしから生まれた傑作ミステリーアンソロジー。日本の昔ばなしの持つ「怖さ」をあぶり出す７篇を収録。

百合小説コレクション　wiz

深緑野分／斜線堂有紀／宮木あや子 他　41943-5

実力派作家の書き下ろしと「百合文芸小説コンテスト」発の新鋭が競演する、珠玉のアンソロジー。百合小説の〈今〉がここにある。

スイッチを押すとき 他一篇

山田悠介　41434-8

政府が立ち上げた青少年自殺抑制プロジェクト。実験と称し自殺に追い込まれる子供たちを監視員の洋平は救えるのか。逃亡の果てに意外な真実が明らかになる。その他ホラー短篇「魔子」も文庫初収録。

僕はロボットごしの君に恋をする

山田悠介　41742-4

近未来、主人公は警備ロボットを遠隔で操作し、想いを寄せる彼女を守ろうとするのだが――本当のラストを描いたスピンオフ初収録！　ミリオンセラー作家が放つ感動の最高傑作が待望の文庫化！

ニホンブンレツ

山田悠介　41767-7

政治的な混乱で東西に分断された日本。生き別れとなった博文と恵実は無事に再会を果たし幸せになれるのか？　鬼才が放つパニック小説の傑作が前日譚と後日譚を加えた完全版でリリース！

メモリーを消すまで

山田悠介　41769-1

全国民に埋め込まれたメモリーチップ。記憶削除の刑を執行する組織の誠は、権力闘争に巻き込まれた子どもたちを守れるのか。緊迫の攻防を描いた近未来サスペンスの傑作に、決着篇を加えた完全版！

その時までサヨナラ

山田悠介　41541-3

ヒットメーカーが切り拓く感動大作！　列車事故で亡くなった妻が結婚指輪に託した想いとは？　スピンオフ「その後の物語」を収録。誰もが涙した大ベストセラーの決定版。

93番目のキミ

山田悠介　41542-0

心を持つ成長型ロボット「シロ」を購入した也太は、事件に巻き込まれて絶望する姉弟を救えるのか？　シロの健気な気持ちはやがて也太やみんなの心を変えていくのだが……ホラーの鬼才がおくる感動の物語。

空に唄う

白岩玄　41157-6

通夜の最中、新米の坊主の前に現れた、死んだはずの女子大生。自分の目にしか見えない彼女を放っておけない彼は、寺での同居を提案する。だがやがて、彼女に心惹かれて……若き僧侶の成長を描く感動作。

ヒーロー!

白岩玄　41688-5

「大仏マン・ショーでいじめをなくせ!!」学校の平和を守るため、大仏のマスクをかぶったヒーロー好き男子とひねくれ演劇部女子が立ち上がる。正義とは何かを問う痛快学園小説。村田沙耶香さん絶賛！

野ブタ。をプロデュース

白岩玄　40927-6

舞台は教室。プロデューサーは俺。イジメられっ子は、人気者になれるのか?!　テレビドラマでも話題になった、あの学校青春小説を文庫化。六十八万部の大ベストセラーの第四十一回文藝賞受賞作。

銃

中村文則　41166-8

昨日、私は拳銃を拾った。これ程美しいものを、他に知らない——いま最も注目されている作家・中村文則のデビュー作が装いも新たについに河出文庫で登場！　単行本未収録小説「火」も併録。

掏摸《スリ》

中村文則　41210-8

天才スリ師に課せられた、あまりに不条理な仕事……失敗すれば、お前を殺す。逃げれば、お前が親しくしている女と子供を殺す。綾野剛氏絶賛！大江賞を受賞し各国で翻訳されたベストセラーが文庫化。

A

中村文則　41530-7

風俗嬢の後をつける男、罪の快楽、苦しみを交換する人々、妖怪の村に迷い込んだ男、決断を迫られる軍人、彼女の死を忘れ小説を書き上げた作家……。世界中で翻訳&絶賛される作家が贈る13の「生」の物語。